DREAMBOOKS★

KB026153

DREAMBOOKS

DREAMBOOKS

DREAMBOOKS

# 수라왕

## 10

이대성 신무협 장편소설

dream books
드림북스

# 수라왕 10

초판 1쇄 인쇄 / 2015년 4월 6일
초판 1쇄 발행 / 2015년 4월 13일

지은이 / 이대성

발행인 / 오영배
책임편집 / 편집부
펴낸 곳 / (주)삼양출판사 · 드림북스

주소 / 서울시 강북구 도봉로 173
대표 전화 / 02-980-2112 팩스 / 02-983-0660
편집부 전화 / 02-980-2116 팩스 / 02-983-8201
블로그 / blog.naver.com/dreambookss

등록번호 / 제9-00046호
등록일자 / 1999년 3월 11일

© 이대성, 2015

값 9,000원

(주)삼양출판사 · 드림북스의 서면 허락 없이는 어떠한
형태나 수단으로도 이 책의 내용을 이용하지 못합니다.

ISBN 979-11-313-0083-1(04810) / 978-89-542-5433-5 (세트)

* 지은이와 협의하에 인지는 생략합니다.
* 잘못된 책은 구입한 곳에서 바꾸어 드립니다.

이 도서의 국립중앙도서관 출판시도서목록(CIP)은 서지정보유통지원시스템홈페이지(http://seoji.nl.go.kr)와
국가자료공동목록시스템(http://www.nl.go.kr/kolisnet)에서 이용하실 수 있습니다. **(CIP제어번호: 2015009388)**

# 수라왕 10

이대성 신무협 장편소설

dream books
드림북스

# 차례

# 第一章
# 제갈량의 후예

제갈세가.

이번 황실과 정도맹의 싸움에서 가장 두각을 드러낸 곳은 소림사나 무당파 같은 전통의 명가가 아니라 오대 세가들 중 항상 말석을 차지했던 제갈세가였다.

제갈세가가 없었다면 정도맹은 진즉에 와해되어 사라졌을 거라는 말이 있을 만큼 이번에 제갈세가가 보여 준 저력은 정말 대단했다.

그런 제갈세가에서도 특히 그 이름을 떨치고 있는 사람이 있었으니.

바로 떠오르는 신진 고수.

제갈무휘였다.

제갈무휘는 진법의 고수로, 황실과의 싸움에서 보인 그의 활약상은 너무도 뛰어났다.

상선현룡(常扇賢龍) 제갈무휘.

세상에서 그를 칭송하며 붙인 별호였다.

그는 항상 새하얀 섭선을 들고 다녔는데, 그가 그것을 휘두르는 순간 황실에서 짜 놓은 모든 진법들이 거짓말처럼 파훼되었다.

주호유를 가장 골치 아프게 만드는 변수이자 그와 쌍벽을 이루는 천하제일 진법가라는 평을 받고 있는 사람.

그게 바로 제갈무휘였다.

그런 제갈무휘의 등 뒤를 든든하게 받쳐 주고 있는 고수가 있었으니.

제갈세가의 최고수 제갈유성이었다.

제갈유성은 감고 있던 눈을 뜨고 옆을 바라보았다.

그리고 고개를 갸웃거렸다.

"너는 누구냐?"

그가 알기론 이곳에는 아무나 출입할 수 없었다.

그의 손자들 중 한 명인 제갈무휘.

그가 심각한 부상을 입은 제갈유성의 안전을 위해 이곳에 강력한 진법을 펼쳐 두지 않았던가?

한데 뜬금없이 이상한 녀석이 등장했다.

멍하게 풀린 눈을 한 채 주변을 둘러보고 있는 청년.

그 청년을 바라보다 제갈유성은 얼굴을 찌푸렸다.

"뭐하는 놈이냐고 묻지 않느냐?"

초류향은 갑작스럽게 등장한 노인을 보면서 잠시 고개를 갸웃거렸다.

노인은 큰소리로 호통을 치고 있었지만 창백한 얼굴 때문인지 한눈에 보기에도 별로 위협적이지 않았다.

오히려 대단히 아파 보였다.

아무래도 큰 부상을 당한 모양이었다.

'여기다.'

초류향은 제갈유성의 말을 한 귀로 듣고 한 귀로 흘리며 주변을 둘러본 후 만족스럽게 고개를 끄덕였다.

때마침 생각을 정리할 시간과 조용한 장소가 필요했는데 이곳만큼 괜찮은 곳이 없어 보였다.

초류향은 천천히 걸음을 옮겼다.

그리고 굳은 얼굴을 한 제갈유성과 멀찍이 떨어진 곳에 있는 평상에 걸터앉으며 조용히 눈을 감았다.

그 자연스럽고 당당한 태도에 제갈유성은 얼굴을 찌푸렸다.

황당했던 것이다.

"정체가 뭐냐?"

"……."

재차 질문이 이어졌지만 초류향은 힐긋 제갈유성을 바라보기만 할 뿐, 아무런 대답 없이 다시 눈을 감았다.

방해하지 말라는 눈빛.

그 눈빛과 마주한 제갈유성의 얼굴에 떠올라 있던 황당함이 이제는 어처구니없음으로 변했다.

제갈유성은 쓰게 웃으며 말했다.

"네놈의 정체가 무엇이든 간에 여기까지 들어온 것을 보니 제법 믿는 재주가 있는 모양이다만, 서둘러 사라지는 것이 좋을 게다. 곧 사람이 온다."

"……."

초류향은 제갈유성의 위협에도 대답하지 않고 조용히 침묵을 지켰다.

그러다 무엇 때문인지 얼굴을 찡그리며 자리에서 일어섰다.

제갈유성은 긴장했다.

'온다.'

생각해 보니 놈을 너무 자극한 것 같다.

지금의 몸 상태로는 저항하기도 힘든데…….

제갈유성의 머릿속이 복잡해질 때.

초류향은 주변을 둘러보다가 바닥의 어딘가를 발끝으로 훑으며 만지작거렸다.

그리고 다시 원래 자리로 돌아가 앉았다.

'뭐지?'

제갈유성은 긴장한 얼굴로 놈을 살펴보았다.

그러던 어느 순간.

갑자기 자리에 앉아 있던 놈의 모습이 흐릿해지기 시작했다.

"허어?"

놈의 몸이 점점 투명해진다 싶더니 이윽고 그 자리에서 완전히 사라졌다.

제갈유성은 자신도 모르게 헛바람을 들이켜며 자리에서 일어섰다.

"으음."

단지 자리에서 일어섰을 뿐인데도 현기증이 일어났지만 지금은 그것이 중요한 게 아니었다.

제갈유성은 천천히, 조심스럽게 걸어가 조금 전까지 놈이 있던 자리에 도달했다.

놈이 있던 자리를 두 눈 부릅뜨고 살펴보아도 아무것도 보이지 않았다.

대체 어떻게 한 것일까?

'내가 헛것을 본 건가?'

제갈유성은 얼굴을 찡그리며 고민했다.

하나 단순히 헛것이라고 치부하기엔 조금 전의 그놈은 너무나 생생하지 않았나?

손을 뻗어 놈이 있던 곳을 만져 보았지만 아무것도 느껴지지 않았다.

'도깨비장난 같군.'

부상으로 기가 너무 약해져서일까?

제갈유성은 고개를 절레절레 저으며 다시 본래의 자리로 돌아가 앉았다.

최대한 빨리 부상에서 회복해야 했기 때문이다.

*　　*　　*

초류향은 주변을 차단하고 조용하게 정신을 집중했다.

그 역시 나름대로 필사적이었다.

기억 속의 누군가가 초류향을 강하게 자극하고 있었던 것이다.

'위험하다?'

누가?

초류향은 고개를 갸웃거리다가 다시 정신을 모았다.

알 수 없는 초조함이 초류향을 짓눌러 왔다.

정확한 이유도 모르면서 초류향은 쫓기는 마음으로 과거의 기억들을 수습하고 있었다.

다행히 곽운벽이 시술한 대법이 많은 도움이 되었다.

막혀 있던 벽이 뚫렸고, 기억을 떠올리는 데 방해되던 고통도 사라졌다.

안심하고 과거를 기억하는 일에만 집중할 수 있게 된 것이다.

그리고 잠시 후 선명하게 떠오르는 사람.

입가에 그려진 자신만만한 미소와 더불어 전신 가득히 넘치는 힘과 여유로움.

천하에서 가장 강한 사람의 얼굴이 머릿속에 떠오르는 순간 눈앞에서 불똥이 튀었다.

'스승님!'

천하제일인 공손천기.

그의 존재에 대해서 떠올리자 그와 관계된 모든 기억들이 주마등처럼 스쳐 지나갔다.

동시에 초류향은 자신의 몸 안에서 꿈틀거리는 거대한 기운을 느꼈다.

수라환경과 월인도법의 내력들이 어마어마한 규모로 커져 있었던 것이다.

자신도 모르는 사이에 몇 개의 단계를 훌쩍 뛰어넘어 버린 모양이었다.

'하지만 부족해.'

초류향은 고개를 저었다.

이것으로는 아직 무언가 미흡했다.

강제로 봉인이 깨져서일까?

그의 기억을 봉인하면서 스승님이 예상했던 수준까지는 도달하지 못한 것이다.

그래도 초류향은 웃었다.

스승님에게 봉인당하기 직전의 기억들이 완전하게 돌아온 것을 느꼈기 때문이다.

이것이면 충분했다.

그때.

갑자기 머릿속을 번개처럼 스치는 의문.

'내가 정신을 잃고 있는 동안 대체 무슨 일이 있었던 거지?'

그동안 적지 않은 시간이 지나갔다는 것은 그도 알 수 있었다.

대략 오 년이 흘러간 것이다.

한데 그 오 년이라는 시간 동안의 기억이 거짓말처럼 새하얗게 변해 있었다.

'운휘는? 노진녕은? 화령은? 대체 그 사이에 어떻게 되었지? 무슨 일이 있었던 거지?'

거기까지 떠올린 초류향은 오싹하는 공포를 느꼈다.

노진녕과 화령은 모르겠지만 적어도 운휘는, 운휘만큼은 그의 곁을 절대로 떠나지 않을 사람이었다.

그는 그런 사람인 것이다.

한데 정신이 돌아온 지금, 당연히 보여야 할 그의 모습이 곁에 보이지 않았다.

이것은 기억이 나지 않는 오 년 동안 무언가 엄청난 변고가 있었다는 이야기가 아닌가?

초류향은 입술을 깨물고 필사적으로 생각했다.

위험한 느낌과 함께 불길한 생각이 마음속에서 서서히 고개를 쳐들기 시작했다.

'절대 그럴 리가 없다!'

머릿속에 떠오르는 온갖 불안한 상상들을 억지로 찍어 누르며 초류향은 다시 한 번 지나간 오 년간의 기억을 떠올리는 데에 집중했다.

하지만 이것은 봉인 전 과거의 기억과는 종류가 달랐다.

봉인 전의 기억들이 하나씩 연계되어 떠올랐던 것과는 다르게, 지난 오 년의 기억은 아무리 노력해도 텅 비어 있는 것처럼 전혀 떠오르지 않았다.

마치 누군가가 의도적으로 그 부분의 기억만 도려낸 듯 깨끗했다.

그때.

망연자실한 표정을 하고 있던 초류향이 감고 있던 눈을 떴다.

그리고 의아한 얼굴을 해 보였다.

'뭐지?'

누군가가 근처까지 바짝 다가왔다.

진법 바로 밖에 있는 그 이상한 할아버지가 아니었다.

가벼운 발걸음으로 천천히 다가온 의문의 사람.

그는 초류향이 차단해 놓은 공간 안으로 불쑥 손을 밀어 넣었다.

거기까지는 이해할 수 있었다.

하나 놀라운 일은 그다음에 일어났다.

몇 번 허공을 휘적거리던 손이 덥석 초류향의 옷깃을 움켜 쥔 것이다.

초류향의 눈가에 이채가 떠올랐다.

처음부터 제법 신경을 써서 진법을 비틀어 자그마한 틈새를 만들어 놓았다.

때문에 틈새 안에 있는 초류향을 만진다는 것은 사실상 굉장히 어려운 일이었다.

한데 그런 일이 실제로 눈앞에서 일어났다.

초류향은 자신의 옷깃을 잡고 있는 손을 보며 여러 가지를 고민했다.

'누굴까?'

진법에 대해서 이렇게 잘 이해하고 있는 사람이 있었던가?

그런 의문을 떠올리는데 갑자기 옷깃을 잡고 있는 손에 힘이 들어갔다.

그를 강제로 바깥으로 끌고 나가려 하는 것이다.

초류향은 잠시 생각하다가 저항하려던 힘을 풀어 버렸다.

누가 진법 안 틈새에서 이렇게까지 간섭을 할 수 있는지 궁금했기 때문이다.

후욱—!

바깥으로 거칠게 끌려 나가자 눈앞에 새하얀 섭선을 든 사내가 호기심 가득한 얼굴로 서 있었다.

선이 굵직하면서도 두 눈은 맑게 빛나고 있는 사내.

그가 초류향을 살펴보며 입을 열었다.

"너 정체가 뭐야? 어떻게 진법 안에 이렇게 빈틈을 만든 거지?"

"……."

초류향은 대답하지 않고 사내를 살펴보았다.

사내 역시 초류향을 물끄러미 바라보았다.

둘은 서로를 관찰하듯이 지척에서 말없이 지켜보았다.

그런 둘 사이에 변화가 찾아온 것은 사내의 갑작스러운 움직임 때문이었다.

그는 초류향의 옷깃을 잡아채고 있던 손을 놓고 느닷없이 섭선을 휘둘렀다.

섭선의 궤적을 가만히 지켜보고 있던 초류향의 덤덤한 눈동자에 한 줄기 의혹이 떠올랐다.

*　　　*　　　*

## 월인삼라산법술해(下)

그 책을 완전히 독파하고 이해한 다음부터 제갈무휘는 이 세상에 두려운 것이 없어졌다.

진법만 펼칠 수 있으면 더 이상 강호에 적수가 없다고 여긴 것이다.

그런 자신감으로 가득했던 제갈무휘 앞에 등장한 주호유는 놀람을 넘어서 감탄이 터져 나오는 존재였다.

진법을 이렇게 궁극적으로 이해하고 사용할 수 있는 사람이 자신 말고도 또 있으리라고는 생각지도 못했던 것이다.

'너무 방심했어.'

이번 황실과의 마지막 싸움.

그 싸움에서 정말 다 잡았던 주호유를 아슬아슬하게 놓쳐 버렸다.

너무도 아쉬웠다.

주호유가 펼쳐 놓았던 진법은 제갈무휘의 활약으로 어찌어찌 돌파했지만, 정도맹 측도 더 이상 전진할 수는 없었다.

황실에서 진짜 고수를 전장에 투입했기 때문이다.

'화경의 고수.'

이번에 갑작스럽게 등장한 화경의 고수는 강력했다.

무턱대고 함부로 움직여도 될 만큼 만만하지가 않았다.

정도맹은 무리하지 않으며 뒤로 물러섰고, 황실 역시 더 이상의 공격은 감행하지 않았다.

서로가 이미 많은 피해를 입었기 때문이다.

단지 화경의 고수 하나가 등장했을 뿐인데 전장의 분위기가 확 바뀌어 버린 것이다.

'어차피 이번 건 시간 벌기였다.'

황실도 그러했고, 정도맹도 그러했다.

지금은 둘 다 다음 계획을 위해 시간이 필요했다.

'무림 말살 정책이라…….'

제갈무휘는 자신도 모르게 피식 웃어 버렸다.

황실의 이 어처구니없는 계획이 생각할수록 기가 막혔다.

'이쪽도 가만히 앉아서 죽어 줄 수는 없어.'

정도맹을 비롯한 천하 사패는 각자가 조직적으로 저항하기로 계획했다.

황실은 이제부터 함부로 일을 벌이지 못할 것이다.

그렇게 확신했기에 제갈무휘는 오랜만에 짬을 내어 작은 할아버님의 상태를 보러 오게 되었다.

그의 작은 할아버지인 제갈유성은 얼마 전에 있었던 싸움에서 큰 내상을 입어 성심원에서 요양 중이었다.

*　　*　　*

"몸은 좀 어떠세요?"

제갈유성은 자신의 앞에 불쑥 나타난 청년을 보며 담담하게 입을 열었다.

"바쁠 텐데 왜 네가 직접 온 거냐? 다른 아이를 보내지."

제갈무휘는 가져온 작은 환약을 품속에서 꺼내 들며 미소 지었다.

"당분간은 한가할 것 같아서요. 황실도 함부로 움직이지는 못할 겁니다."

마지막 싸움으로 주호유를 잃을 뻔했으니 아마도 한동안은 그들도 극도로 조심스럽게 움직일 것이 뻔했다.

제갈유성은 고개를 끄덕이고 제갈무휘가 건네는 약을 받아먹은 후 입을 열었다.

"마침 네가 왔으니 잘되었다. 뭐 하나만 물어보자."

"두 개 물어보셔도 돼요. 할아버지."

제갈무휘가 근처에 있던 의자를 가져와 앉으며 말하자 제갈유성은 신중한 눈으로 입을 열었다.

"네가 이곳에 펼쳐 놨다는 진법이 혹시 깨졌느냐?"

제갈무휘는 고개를 갸웃거리며 되물었다.

"아뇨. 멀쩡하던걸요?"

"흐음."

제갈유성은 얼굴을 찡그리며 무언가를 고민하더니 제갈무휘를 바라본 후 말했다.

"그럼 이곳에 아무나 들어올 수 없는 게 맞겠지?"

"예."

제갈무휘는 대답하다가 말고 허리를 꼿꼿하게 세우며 입을 열었다.

"어? 혹시 누군가가 왔었어요?"

제갈유성은 잠깐 고민했다.

아까 전에 자신이 봤던 그것이 허상인지 아닌지 스스로도 의심스러웠던 것이다.

'착각이라고 하기에는 너무 생생했다.'

그랬다.

그냥 헛것을 본 거라고 넘어가자니 걸리는 점이 너무나도 많았다.

제갈유성은 결국 제갈무휘를 보며 고개를 끄덕였다.

"곧바로 사라졌지만 누군가가 오긴 왔었지."

"곧바로 사라졌다고요?"

"그래. 저곳에서 사라졌다."

제갈무휘는 제갈유성이 손가락으로 가리키는 곳을 바라보았다.

눈을 가늘게 뜨고 그 주변을 자세히 들여다본 그는 고개를 갸웃거렸다.

"아무것도 없는데요?"

"……네가 보기에도 그러하냐?"

"예."

제갈유성은 한숨을 내쉬었다.

진법을 만든 녀석이 아무것도 없다고 하면 정말 자신이 헛것을 본 모양이었다.

"이상한 녀석이었다. 갑자기 나타나서 저 자리에 앉더니 바닥을 몇 번 훑고 다시 앉으니까 연기처럼 사라졌다."

"……바닥을 훑고 다시 앉았다고요?"

"그래."

"혹시 이렇게요?"

제갈무휘가 발로 바닥을 가볍게 쓸어 보이자 제갈유성이 고개를 끄덕였다.

"비슷하구나."

"……."

갑자기 제갈무휘의 이마에 주름살이 파였다.

심각한 얼굴이 된 것이다.

"언제 왔어요, 그놈이?"

"음…… 대략 반 시진(한 시간) 정도 된 것 같구나."

"그럼 아직도 있을 수 있겠네요."

제갈무휘는 그렇게 중얼거리며 제갈유성이 가리킨 자리 앞에 가서 섰다.

그리고 잠시 고민했다.

"여기에서 사라졌다라……."

아무리 둘러보아도 놈의 흔적은 보이지가 않았다.

반신반의하면서도 제갈무휘는 일단 손을 뻗어 보았다.

그리고 빈 허공에 손을 막 휘적거리다가 고개를 갸우뚱거리며 눈을 동그랗게 떴다.

"어?"

"왜 그러느냐?"

"잠시만요."

제갈무휘는 재미있다는 얼굴을 해 보이며 손을 계속 휘적거렸다.

보통은 바닥 쪽을 먼저 살펴볼 텐데 그것이 아니라 자신의 머리보다 더 높은 곳을 만지기 시작한 것이다.

그 엉뚱한 행동을 유심히 지켜보고 있던 제갈유성은 깜짝 놀란 얼굴로 제갈무휘를 바라보았다.

제갈무휘 역시 자신의 손끝에 걸린 무언가를 느끼고 두 눈을 깜빡이며 뒤를 돌아보고 있었다.

"……진짜 있었네요?"

"조심하거라."

제갈무휘는 고개를 끄덕였다.

그리고 손끝에 걸린 옷깃을 잡아당겼다.

처음에는 약간의 저항감이 느껴졌지만 이윽고 무언가가 딸려 나오기 시작했다.

그리고 어떤 청년이 바깥으로 나오는 그 순간.

조금 전까지 청년이 있던 자리가 호수 위의 파문처럼 일렁거리다가 원래의 모습으로 다시 선명하게 돌아갔다.

제갈유성이 그 모습을 신기한 눈으로 바라보고 있을 때.

제갈무휘가 입을 열었다.

"너, 정체가 뭐야? 어떻게 진법 안에 이렇게 빈틈을 만든 거지?"

"……."

청년은 대답하지 않았다.

그저 관찰하는 시선으로 그를 바라볼 뿐이다.

'하긴 쉽게 대답해 주는 것도 우습지.'

그렇게 순종적인 놈이었으면 이렇게 숨어 있지도 않았을 것이다.

청년을 찬찬히 살펴보던 제갈무휘는 본인의 상징이라 할 수 있는 새하얀 섭선을 소매에서 꺼내 들었다.

그리고 그것을 가볍게 흔들었다.

'이곳은 내가 만든 진법 안이야.'

자신이 만든 진법 안에서 기운을 움직이는 것쯤은 일도 아니었다.

섭선이 기묘하게 흔들리자 청년의 눈가에 작은 빛이 번뜩였다.

동시에 청년이 뒤로 훌쩍 물러나며 거리를 벌렸다.

제갈무휘는 그것을 뒤쫓지 않았다.

그저 즐겁다는 얼굴로 미소 지을 뿐이었다.

"역시 너는 진법가로구나."

"……."

초류향은 대답하지 않았다.

그저 곤혹스러운 얼굴을 할 뿐이었다.

저 사내가 들고 있는 섭선이 이상하게 움직이자 진법이 그 움직임에 맞춰서 변형되는 것을 깨달았다.

그래서 뒤로 물러선 것까지는 좋았다.

'이건…….'

초류향을 곤혹스럽게 만든 것은 다른 것이 아니었다.

저 사내가 움직이는 진법이 초류향에게 있어서 매우 익숙한 모양과 형태였기 때문이다.

'어째서…….'

자신 외에는 알 리가 없는 진법의 움직임.

그것을 어떻게 저자가 아는 것일까?

초류향의 머릿속이 복잡해졌다.

그러다 천천히 바닥을 살펴보며 초류향은 발끝을 움직였다.

'시험해 봐야 한다.'

이것은 중요했다.

만약에 저자가 자신이 생각하는 것처럼 정말로 그 흐름을 인지하고 있는 것이라면 확인해 봐야만 했다.

결심이 서는 순간 초류향은 한 걸음 앞으로 내디뎠다.

그리고 조용히 두 손을 가슴 어림까지 들어 올려 손뼉을 마주쳤다.

짜악—!

"무슨…… 어?"

섭선을 가볍게 부치며 여유롭게 웃고 있던 제갈무휘의 표정이 초류향의 박수 소리와 함께 대번에 일그러졌다.

"너 이 자식!"

진법의 흐름이 한 번에 바뀌었다.

박수 소리와 함께 진법의 주체가 초류향이 되어 버린 것이다.

그것을 깨닫자마자 제갈무휘는 움직였다.

섭선을 흔들며 초류향에게로 달려든 것이다.

너무 방심하고 있었다.

그랬기에 이렇게 허망하게 주도권을 빼앗겨 버린 것이다.

'되찾아 와야 해.'

제갈무휘는 이를 악물고 섭선을 휘둘렀다.

찌이이익―!

사방에서 공기가 사납게 찢어지는 소리가 들리며 주변의 공간들이 어지럽게 흔들리기 시작했다.

대립하는 두 사람의 흐름 때문에 진법 전체가 불안정하게 흔들리는 것이다.

제갈무휘가 요란하게 진법을 휘젓는 것과는 다르게 초류향은 손뼉을 마주치고 있는 그 상태로 미동도 하지 않았다.

그저 지켜볼 뿐이었다.

제갈무휘의 행동을.

그리고…… 마침내 원하던 것이 확인되자 초류향의 입이 무겁게 열렸다.

"월인삼라산법술해인가?"

"……!"

제갈무휘는 섭선을 휘둘러 겨우겨우 주도권을 되찾아 오자마자 들려온 단어에 심장이 입 밖으로 튀어 나갈 만큼 놀란 얼굴을 해 보였다.

"너, 너…… 어떻게 그걸……."

"……."

초류향은 무덤덤한 얼굴로 고개를 끄덕였다.

"역시 그랬군."

제갈무휘의 얼굴이 일그러졌다.

조금 전 초류향의 말이 단순하게 넘겨짚고 그를 떠본 것임을 알아챘기 때문이다.

"……너, 설마 떠본 거냐?"

초류향은 대답하지 않았다.

그저 한 걸음 물러서며 말했다.

"환혼진(還魂陳)은 흔한 진법이지. 하지만…… 진법을 펼친 자가 쓴 특유의 방식은 숨길 수가 없다."

이곳에 펼쳐져 있는 환혼진법은 기억이 돌아오자마자 알아챘다.

누군가를 다치게 하려는 것이 아니라 단순히 안에 있는 무언가를 보호하려는 진법임을 알아봤던 것이다.

"너…… 정체가 뭐지?"

제갈무휘는 진지한 얼굴로 물었다.

이제는 그도 더 이상 장난칠 기분이 아니었다.

저놈이 단순히 진법가였다면 이렇게 정색할 필요가 없는 문제였다.

환혼진은 그만큼 흔한 진법이니까.

한데 그게 아니었다.

놈은 그가 익힌 진법의 뿌리까지 단번에 알아본 것이다.

이건 평범한 진법가가 할 수 있는 행동이 아니다.

"어떻게 알아봤지?"

"그냥 보였다."

"어물쩍 넘어갈 생각 따위는 버려라. 네가 거론한 그것은 외부에 단 한 번도 유출된 적이 없는 가문의 보물이다."

"가문……?"

초류향은 고개를 갸웃거리다가 곧 흥미로운 얼굴을 해 보였다.

짐작 가는 것이 있었기 때문이다.

"너는 제갈세가의 사람인가? 하긴 그렇겠군. 이제야 이해가 된다."

"몰랐던 것처럼 굴지 마라! 본 가의 보물을 아는 놈이 나를 몰랐다는 게 말이나 된다고 생각하는 거냐, 지금?"

초류향은 정말로 진지하게 고개를 끄덕였다.

"정말 몰랐다."

"……무릎을 꿇려 놓아야 정신을 차리겠구만."

제갈세가의 비전.

월인삼라산법술해.

가문 내에서도 그것의 존재에 대해 아는 사람은 제갈무휘 본인을 포함해서 딱 세 명밖에 없었다.

그런데 그 이름을 생판 모르는 놈의 입에서 듣게 되었으니…….

'죽여서라도 반드시 입을 막아야 한다.'

비밀은 아는 사람이 적을수록 그 가치가 유지되는 법.

게다가 월인삼라산법술해의 존재가 외부에 알려져서 좋을 게 없었다.

생각을 정리한 제갈무휘가 독한 마음을 먹고 섭선을 휘두르자 초류향은 얼굴을 찡그렸다.

'진법을 변형시킨다?'

진법이 빠른 속도로 변화하고 있었다.

그것도 대단히 위험한 형태로 바뀌고 있는 것이다.

조금 전의 진법은 그저 내부를 보호하는 느낌이었다면 지금은 진법이 사람을 죽이기 위한 용도로 변경되고 있었다.

'하지만…….'

초류향은 선불리 손을 쓰지 않았다.

제갈세가라면 제갈량의 후예들이지 않은가?

그의 핏줄에게 과감하게 손을 쓰기가 망설여진 것이다.

그래서 조용히 사태를 정리할 방법을 고민하다가 차분하게 입을 열었다.

"진법을 그렇게 급격하게 바꾸면 나는 괜찮지만 저 사람은 죽게 된다."

"……!"

"죽이고 싶은 게 내가 아니라 저 사람인가?"

초류향이 뒤쪽에 앉아 있는 제갈유성을 보며 말하자 제갈무휘는 아차 하는 얼굴로 섭선을 멈춰 세웠다.

그리고 이를 갈았다.

그때 뒤에서 상황을 조용히 지켜보던 제갈유성이 입을 열었다.

"망설이지 마라. 그새 잊었느냐? 가문을 위한 일이라 판단되면 내 목숨 정도는 신경 쓰지 말라는 내 당부를?"

"……!"

제갈유성의 말에도 제갈무휘는 입술을 깨물 뿐 움직이지 않았다.

작은 할아버지의 목숨도 걱정이긴 했다.

하지만 그보다 지금 제갈무휘가 움직임을 멈춘 가장 큰 이유는 단 하나였다.

'확신이 없다.'

진법을 펼쳐서 저놈을 사로잡을 수 있다는 확신.

그런 확신이 없었던 것이다.

"현명하군."

초류향은 제갈무휘의 생각을 읽었다.

그랬기에 천천히 일어나 걸어갔다.

제갈무휘는 자신이 만들어 놓은 진법을 유유히 헤치며 걸어가는 초류향을 보면서도 어떻게 할 수가 없었다.

'쫓아갈까?'

쫓아가서 어떻게 하겠다는 건가?

진법을 펼쳐도 유유히 빠져나갈 놈인데.

'무공으로 찍어 눌러?'

그것도 이상하게 썩 내키지 않았다.

저렇게 능수능란하게 진법을 다루는 놈이면 무공으로 덤빈다 하더라도 진법 안에서 요리조리 도망쳐 버릴 수 있었으니까.

한참 갈등하던 제갈무휘는 결국 초류향의 등을 바라보며 불쑥 소리쳤다.

"네놈 이름이 뭐냐!"

"이름?"

"그래. 다른 것은 몰라도 네놈 이름은 알아 둬야겠다. 그래야 다음에라도 오늘의 굴욕을 갚을 수 있을 것 아니냐?"

초류향은 고개를 돌렸다.

그리고 희미하게 웃으며 말했다.

"초류향. 내 이름은 초류향이다."

"초류향……."

제갈무휘가 그 이름을 몇 번이고 곱씹고 있을 때.

초류향이 다시 등을 보이고 걸어가며 말했다.

"다음을 기대하지. 제갈량의 후예."

# 第二章
# 공백

초류향은 복수를 다짐하는 제갈무휘를 남겨 두고 바깥으로 빠져나왔다.

대부분의 기억은 다 정리가 되었다.

문제는 오 년간의 공백.

그간의 기억들이 빠른 속도로 소실되어 가고 있다는 점이다.

마치 꿈을 꾼 것처럼, 오 년 동안 있었던 일들이 기억 속에서 빠르게 사라져 가고 있었다.

'좋지 않다.'

오 년간의 일은 꿈이 아니라 현실이었다.

한데도 이렇게 빠르게 사라지니 당황스러운 것이다.

초류향은 희미해지려는 기억을 억지로 부여잡고 곧장 춘삼을 찾아갔다.

조금만 더 지체하면 살을 부대끼며 살았던 춘삼이라는 존재마저도 완전히 잊어버릴 것만 같았던 것이다.

춘삼은 초조한 얼굴로 곽운벽과 이런저런 이야기를 나누고 있었다.

"그래서 영감님 말씀은 소소가 기억을 찾을 수 있다는 말입니까?"

"그런 셈이지. 워낙 종자가 좋더라고, 그놈. 몸뚱이가 완성되어 있으니 금세 회복할 거야."

곽운벽이 자신의 수염을 쓰다듬으며 흐뭇하게 웃자 춘삼이 그에게 바짝 다가가며 낮게 물었다.

"혹시 기억을 되찾는 걸 멈추게 할 방법은 없습니까, 영감님?"

춘삼의 질문에 어이없다는 얼굴로 눈을 깜빡이던 곽운벽이 대답했다.

"왜? 그놈이 기억을 잃기 전에 죄지은 거라도 있어?"

"제가요?"

"그래, 네가 그놈에게."

"아니, 딱히 그런 건 아니지만……."

곽운벽의 질문에 춘삼은 제대로 대답하지 못하고 우물거렸다.

그의 표정에서 대략적인 생각을 읽은 곽운벽이 피식 웃으며 말했다.

"왜? 그놈이 떠날까 봐 겁나나?"

"……예, 정이 많이 들었거든요."

춘삼이 찔끔한 얼굴로 순순히 인정하자 곽운벽은 춘삼을 귀엽다는 눈빛으로 바라보며 말했다.

"클클, 산적같이 생긴 놈이 제법 귀여운 구석이 있구만. 고놈이 기억을 되찾으면 떠날 거라는 확신이 드나 보지? 그러니까 평소에 좀 잘해 주지 그랬어."

춘삼은 곽운벽의 핀잔에 펄쩍 뛰며 말했다.

"그게 무슨 말씀이십니까, 영감님? 제가 얼마나 소소를 챙기는데요? 맛있는 것도 항상 그 녀석부터 먹이고, 옷도 일부러 깨끗한 것만 입히고 그랬어요."

곽운벽은 심드렁한 얼굴로 귀를 후비적거리며 대꾸했다.

"그런데 뭐가 걱정이야?"

"그게…… 맨 처음 만날 때부터 말도 못 했던 녀석이라…… 아프거나 추워도 그걸 표현하지 못해서, 그게 얼마나 안쓰러운지……."

춘삼이 주절주절 말을 늘어놓다가 코끝이 찡한지 연신 콧잔등을 만지며 말끝을 흐렸다. 곽운벽이 그의 등을 탁탁 쳐 주며 물었다.

"근데 자네 이름이 뭐라고 했지?"

춘삼은 바닥에 팽 하고 코를 풀어내며 곽운벽의 질문에 대답했다.

"춘삼이요. 봄 춘(春)에 제가 셋째 아들이라 숫자 삼(三)을 써서 춘삼입니다, 영감님."

"그래, 춘삼이. 이름도 좋네. 그럼 뭐 하나만 물어보자. 자네도 집을 나올 때 자네 아버지가 가지 말라고 붙잡던가?"

춘삼이는 그게 무슨 헛소리냐는 얼굴로 곽운벽을 바라보았다.

"아니오."

"그거랑 같은 거야, 지금. 떠날 놈은 떠나야지. 무조건 붙잡아 둔다고 해서 그게 능사는 아니잖아? 자네가 봤을 때 소소라는 녀석이 산에서 나무뿌리나 캐고 있을 놈으로 보이던가?"

소소가 말을 못 하고 맨날 바보처럼 헤실거리긴 했지만 한눈에 보기에도 비범한 기운이 전신에 흘렀다.

그건 무공과는 다른 종류의 기운이었고, 평범한 사람인 춘삼이 보기에도 확실히 남달라 보였다.

"……물론 나무뿌리나 캐고 있을 녀석은 아니긴 하지만……."

"그 녀석의 날개를 꺾을 참이야? 자네는 몰랐겠지만 녀석은 화경의 고수라고. 자네는 화경의 고수가 얼마나 대단한 건지 몰라?"

"……알고 있죠."

변방에 사는 촌무지렁이도 화경의 고수가 얼마나 대단한지는 잘 알고 있었다.

혼자서 대문파에 필적할 만한 힘을 지닌 자.

단신으로 강호의 질서를 바꿀 능력이 있는 자.

그게 바로 화경의 고수가 아니던가?

"그럼 그 녀석의 판단에 맡겨. 떠난다 해도 서운해하지 말고, 웃으면서 보내 주라고."

"……평소에 제가 그 녀석을 얼마나 챙겼는지 영감님은 모르실 겁니다. 머리로는 알아도 그렇게 간단하게 말 몇 마디로 정을 떼어 낼 수는 없다고요."

춘삼은 허탈한 얼굴로 의자에 앉아 있다가 불쑥 물었다.

"근데 그 아이가 정말 떠날까요, 영감님?"

"그걸 왜 나에게 물어? 그놈에게 물어봐야지."

그 순간 초류향이 불쑥 등장했다.

춘삼이 누가 봐도 긴장한 얼굴로 초류향을 바라보고 있을 때.

곽운벽이 먼저 입을 열었다.

"그래, 이제 생각이 다 정리되었느냐?"

"예. 감사합니다, 어르신."

초류향은 곽운벽을 향해 읍을 해 보이며 말했다.

"차후에 반드시 이 은혜를 갚겠습니다."

"클클, 반드시라는 말은 함부로 하는 게 아니지. 인간만큼 함부로 약속을 하는 존재가 있을까?"

미래의 일은 그것이 어떠한 것이든 장담할 수가 없는 법이다.

곽운벽의 대답에 담긴 뜻을 파악한 초류향은 선선히 고개를 끄덕였다.

그리고 희미하게 웃으며 대답했다.

"하면 기회가 닿는다면 갚도록 하지요."

곽운벽의 입가에 재미있다는 미소가 떠올랐다.

"곱상하게 생긴 놈이 심보는 도적놈과 다름이 없구나. 그래도 전보다 마음에 드는 대답이다."

초류향은 곽운벽을 향해 고개를 가볍게 숙여 보인 후 춘삼을 바라보았다.

춘삼의 눈동자는 아까부터 불안정하게 흔들리고 있었다.
애써 멀쩡한 척 앉아 있지만 그는 지금 누가 보기에도 불안한 얼굴을 하고 있었다.
사실 멀리서부터 그와 곽운벽이 나누는 이야기를 들었던 초류향이었다.
하지만 지금은 못 들은 척 담담하게 그 앞에 섰다.
초류향이 아무 말도 없이 서 있자 춘삼이 머뭇거리다가 조심스럽게 입을 열었다.
"애…… 어, 소소야. 기억이 돌아왔니?"
초류향은 춘삼의 질문에 흐릿하게 웃었다.
그리고 소소였을 때의 버릇을 떠올리며 고개를 끄덕였다.
"그럼 이젠 머리가 아프진 않아?"
끄덕끄덕.
"다행이다, 정말."
춘삼은 고마운 사람이었다.
하지만 안타깝게도 그와 함께했던 기억들은 너무도 빠르게 사라져가고 있었다.
그래도 다행한 것은 함께했던 감정만큼은 확실하게 남아 있다는 점이다.
모두 따스하고, 좋은 기억들이었다.
'하지만 지금은 떠나야 한다.'
그와 조금 더 함께 있고 싶지만 그럴 수 없다는 건 초류향이 가장 잘 알았다.

같이 있으면 그를 심각한 위험에 빠뜨릴 수 있었기 때문이다.

아직은 그를 지킬 수 없었다.

초류향이 아무 말 없이 가만히 서 있자 춘삼이 혀로 입술을 적신 후 아까보다 더 조심스럽게 입을 열었다.

"떠날…… 거니?"

춘삼의 질문에 초류향은 잠시 멈칫했다.

그리고 춘삼을 바라보았다.

그 간절한 눈동자를 바라보자 마음이 약해졌지만 초류향은 결국 결단을 내렸다.

끄덕끄덕.

초류향이 고개를 끄덕이자 춘삼은 울상을 지어 보였다.

그런 춘삼의 뒤통수를 곽운벽이 한 대 때리며 말했다.

"웃으며 보내 주라고 했지?"

"그게……."

춘삼은 힐긋 초류향을 바라보고 다시 곽운벽을 바라본 후에 입을 열었다.

"쉽지가 않다고 했잖아요, 영감님."

"그래도 해야 해. 이 녀석 정도라면 지금 반드시 해야 할 일이 있을 거거든. 안 그러냐?"

초류향은 고개를 끄덕였다.

지난 오 년간의 기억.

그것은 이제 거의 남아 있지 않았다.

그나마 남아 있는 거라곤 소소라 불렸던 최근의 기억 정도였다.

'갚아야 할 빚이 너무 많군.'

초류향은 자신도 모르게 씁쓸하게 웃었다.

춘삼을 비롯해서 그의 가족과 곽운벽 등등.

기억을 잃고 있는 동안 그를 보살펴 주었던 사람들에게 반드시 그 보답을 해야 했다.

원한과 은혜는 잊어선 안 되니까.

'하지만…….'

지금 당장 급한 문제는 이것이 아니었다.

기억이 비어 있는 동안 대체 무슨 일이 있었는지 알아내야만 한다.

'반드시…….'

사실 초류향은 겉으로 티를 내진 않았지만 지금 굉장히 초조한 상태였다.

가족들을 비롯해서 운휘와 노진녕, 화령 등 생사가 걱정되는 사람이 너무 많았기 때문이다.

'게다가…….'

가장 걱정되는 사람이 있었다.

누구보다도 먼저 존재 여부를 확인하고 싶은 사람.

'스승님…….'

초류향의 얼굴이 심각해졌다.

오 년 전 그 날.

스승님과의 마지막 기억은 지금도 선명하게 떠올랐다.

그때 스승님은 분명 무언가를 각오한 느낌이었다.

그것이 죽음이든 등선이든, 어찌 되었건 세상을 등지려는 사람의 눈빛이었던 것이다.

"소소야, 지금 당장 가야 하니?"

초류향은 춘삼의 물음에 퍼뜩 정신을 차렸다.

그리고 시선을 돌려 춘삼을 바라보자 춘삼이 다 죽어 가는 얼굴로 그를 마주 보았다.

지금 당장이라도 초류향이 떠날까 봐 전전긍긍하는 기색이었다.

"너를 맨 처음 산속에서 발견했을 때, 네가 가진 물건들이 있었어. 혹시나 해서 그걸 따로 보관해 놨는데 돌려주고 싶구나."

내 물건?

초류향이 의아한 눈빛을 해 보였다.

춘삼은 이것마저 거절당할까 조마조마한 얼굴로 초류향을 바라보았다.

그는 초류향이 떠나기 전에 마지막으로 가족들에게 작별 인사라도 시키고 싶은 것이다.

초류향 역시 춘삼의 그런 마음을 알았기에 무겁게 고개를 끄덕였다.

더 이상 연관되는 건 최대한 피하는 게 좋겠지만 이렇게 된 이상 매듭은 짓고 싶었다.

그렇지 않으면 마음이 너무도 무거울 것 같았다.

"집에 있습니까?"

"응. 집에 있지. 내 딸이 보관 중이니까."

"알겠습니다. 마지막 인사라도 드릴 수 있게 되어서 다행입니다."

"그렇지? 다행이구나."

춘삼은 기쁜 얼굴로 자리에서 일어섰다.

너무도 급작스럽게 소소가 떠나 버리면 그도 그렇지만 가족들도 많이 허탈해할 것이다.

다행히 마지막 작별인사라도 할 수 있게 되어 춘삼이 만족하고 있을 때.

지켜보고 있던 곽운벽이 입을 열었다.

"근데 말이야, 소소라고 했던가? 그게 네 본명은 아니겠지? 본명은 무어냐?"

초류향은 고개를 돌려 곽운벽을 바라보았다.

그리고 진지한 얼굴로 입을 열었다.

"제 본명은 모르시는 게 어르신의 안위에 좋을 듯합니다."

협박이나 위협이 아니었다.

정말로 걱정 어린 음성이었다.

하나 곽운벽은 보통내기가 아니다.

그는 오히려 씨익 웃으며 말했다.

"네가 보기엔 내가 앞으로 몇 년을 더 살 것 같으냐? 아마 십 년도 안 될 게다."

"……."

"클클, 이거 나이가 드니까 호기심이 왕성해져서 말이야. 오히려 궁금해서 당장 죽을 판이다."

초류향은 속으로 한숨을 내쉬었다.

눈앞에 있는 이 노인은 정말 자신의 목숨을 잃는 것에 두려움이 없었다.

아니, 오히려 목숨이 걸려 있는 일을 즐기는 사람인 것이다.

'방법을 달리했어야 했다.'

뒤늦게 스스로를 탓해 보았지만 별수 없었다.

초류향은 곽운벽에게 전음을 날렸다.

『제 이름은 초류향입니다.』

"호오? 아주 이쁜 이름이구나. 계집 같은 이름이다. 클클."

"그렇습니까?"

"그래. 아주 연약해 보이는 이름이야."

웃는 얼굴로 잠시 초류향의 이름을 되새기던 곽운벽의 표정이 서서히 변해 갔다.

무언가를 기억해 낸 것이다.

잠시 후, 곽운벽이 놀란 눈으로 초류향을 바라보며 입을 열었다.

"네, 네 녀석, 설마 오 년 전의……."

초류향은 눈을 깜빡이다 씁쓸하게 웃었다.

곽운벽이 무엇을 말하려 함인지 알았기 때문이다.

"예. 아마 지금 생각하시는 게 맞을 겁니다, 어르신."

"허……."

곽운벽은 입을 벌린 상태로 초류향을 바라보다가 춘삼을 응시한 후 말했다.

"네 녀석은 정말 대단한 물건을 주워 왔구나."

초류향은 곽운벽의 태도에서 그가 자신의 정체를 눈치챘음을 깨달았다.

기억을 잃기 직전에 워낙 일을 크게 벌여 놨었던 초류향이다.

그때 이미 초류향의 이름은 전 강호에 널리 퍼진 것이다.

'악명이겠지만…….'

속으로 쓰게 웃던 초류향이 고개를 돌리며 춘삼을 바라보았다.

"가시지요."

"으응."

춘삼은 초류향을 힐긋 바라보았다가 서둘러 앞장서서 걸었다.

그리고 걸어가는 내내 심각하게 생각했다.

'으으, 근데 이걸 어떻게 설명해야 하지?'

어디서부터 어떻게 설명해야 할지 감이 잡히지 않았다.

초류향이 떠난다고 하면 일단 마누라도 마누라지만 딸부터가 자신을 가만 놔두지 않을 것 같았기 때문이다.

춘삼은 앞장서서 걸어가는 내내 괴로운 얼굴로 머리를 쥐어뜯어야만 했다.

*　　*　　*

초류향은 댕기 머리 소녀가 건네는 물건을 받고 잠시 멍한 얼굴을 해 보였다.

부러진 안경과 거무튀튀한 팔찌 한 쌍.

둘 모두 자신의 물건이 맞았다.

"정말 떠나는 거야, 소소 오빠? 아빠가 또 거짓말을 하는 거지? 응?"

초류향은 퍼뜩 정신을 차리고 소녀를 내려다보았다.

주근깨가 가득한 소녀는 그의 소매를 붙잡고 필사적인 눈으로 그를 올려다보고 있었다.

스윽—

손을 뻗어 소녀의 머리를 쓰다듬으며 초류향이 말했다.

"미안해. 늦었지만 반드시 해야 할 일이 있어."

담백하면서도 묵직한 저음.

주근깨 가득한 소녀는 처음으로 듣는 초류향의 목소리에 놀라서 눈을 동그랗게 떴다.

"정말……이었구나."

"응."

"다시 돌아오는 거야?"

초류향은 소녀의 질문에 곧장 대답하지 못했다.

모든 일이 끝나면 다시 돌아올 수 있을까?

잠시 생각하던 초류향은 소녀의 머리에서 손을 떼어 내며 씁쓸하게 말했다.

"돌아와도…… 예전의 내가 아닐 거야."

"괜찮아, 기다릴게. 나 기다릴 수 있어. 그런 거 잘하니까."

"……."

"엄마가 그랬는데 오빠 같은 사람은 굉장히 특별한 사람이래. 나도 공감했어. 처음 봤을 때부터 뭔가 오빠 주변의 공기만 달랐거든. 기억을 잃어서 매일 바보처럼 웃고 있어도 그런 건 숨길 수가 없었으니까."

"……."

"그때부터 오빠가 나같이 평범한 아이랑은 어울리지 않는 사람이라는 거 알고 있었어."

"그런 거 아니야, 하월아."

초류향은 얼굴을 찡그렸지만 소녀.

춘하월(春夏月)은 초류향의 소매를 놓으며 고개를 도리도리 저었다.

"나는 소소 오빠의 기억이 영원히 돌아오지 않았으면 좋겠다고 생각했어. 알고 있어? 그거 진심이었어. 헤헤."

하월은 민망한 듯 웃다가 불쑥 초류향을 똑바로 바라보며 말했다.

"위험한 일을 하러 가는 거지, 오빠는?"

초류향은 잠시 멈칫했다가 곧 고개를 끄덕였다.

정확하게 누가 자신의 적이 되었는지 알 수는 없었지만, 누가 적이 되었든 위험한 일을 하게 되리라는 사실만은 부정할 수 없었으니까.

"무사해야 해, 소소 오빠."

“……!”

초류향은 잠시 멍청한 얼굴로 춘하월을 내려다보았다.

방금 하월이 한 말이 기억 속의 무언가와 겹쳐서 들렸던 것이다.

—반드시 무사하셔야 합니다, 주인님.

어느 단편적인 장면과 함께 떠오른 음성.

어딘가 매우 익숙한 울림이었다.

그것의 누구의 음성인지 깨닫자 초류향의 얼굴이 딱딱하게 굳어졌다.

“화령…….”

“응? 왜 그래?”

춘하월이 물어보았지만 그는 대답하지 않고 침묵을 지키며 눈을 질끈 감았다.

방금 전에 떠오른 기억들을 억지로라도 붙잡아 그것들을 연결해 보려 한 것이다.

하나 그것은 불가능했다.

아주 작은 단편적인 기억.

아마도 대단히 강하게 인상에 남은 기억이 일시적으로 떠오른 모양인데…….

이상하게도 그것과 연결되는 다른 기억들은 도무지 떠오르지가 않았다.

초류향은 절망했다.

어째서인지는 모르겠지만 단 하나의 장면만이 너무도 생생하게 떠올랐다.

'분명 죽어 가고 있었다.'

기억 속의 화령은 엄청난 부상을 당한 상태로 그의 얼굴을 쓰다듬고 있었다.

비릿한 피 내음과 함께 화령의 걱정스러운 눈빛만이 생생하게 떠오르자 초류향은 미칠 듯한 기분이 되었다.

'왜 이런 것만 떠오르는 거지?'

자신이 이렇게 멀쩡하게 있을 수 있던 이유.

그것이 그를 지켜 주던 사람들의 희생 때문일 것이라 생각하니 문득 스스로에 대한 분노가 치솟았다.

'이거였군요. 스승님.'

초류향은 공손천기의 말이 이제야 이해가 되었다.

그를 원망하게 될지도 모른다는 말.

그 말뜻을 이제야 비로소 이해하게 된 것이다.

'아직은…… 아직은 아닙니다.'

지금은 모든 것이 확실하지 않았다.

두 눈으로 직접 진실을 확인하기 전까지는 최대한 냉정하게 사태를 파악해야 했다.

초류향이 그렇게 들끓는 마음을 가라앉힐 때.

춘하월이 입을 열었다.

"밥은 먹고 갈 거지, 오빠? 그 정도는 해 줄 수 있지?"

초류향의 이마에 송골송골한 땀을 까치발을 한 채로 닦아 주던 춘하월.

소녀는 걱정스러운 얼굴로 그를 올려다보며 말했다.

"어디 가서 아프지 말고, 밥은 항상 제때 챙겨 먹고. 알겠지?"

초류향은 피식 웃으며 고개를 끄덕였다.

지금 춘하월이 하는 말은 다행히도 기억 속에 있었다.

백치처럼 헤실헤실 웃고만 다니던 지난 오 년간.

그를 걱정스럽게 바라보며 항상 해 주었던 말이었으니까.

"알겠어."

"말로 대답하니까 되게 이상하다, 오빠."

"그런가?"

초류향은 어색한 듯 목덜미를 가볍게 긁으며 소녀를 바라보았다.

"엄마가 해 놓은 밥 식겠다. 이번에 엄마가 엄청나게 준비했을 거야. 그러니까 어서 가자, 오빠."

"그래."

초류향과 소녀는 다락방에서 내려와 아래로 향했다.

소녀의 예상처럼 식탁에는 상다리가 부러질 만큼 음식들이 차려져 있었고, 춘삼과 그의 부인이 앉아서 그들을 기다리고 있었다.

"이야기는 끝났니?"

"응, 엄마."

"그래. 그럼 먹자."

초류향은 자리에 앉았다.

그리고 말없이 식사에 집중했다.

식사 시간은 조용하게 끝이 났다.

평소와 다름이 없었고, 그렇기 때문에 너무도 순식간에 시간이 흘러간 것이다.

초류향은 자리에서 일어나지 못한 채 가만히 앉아서 춘삼의 가족들을 지켜보았다.

춘삼의 가족들도 마찬가지였다.

식사가 끝난 뒤로도 한동안 모두가 젓가락만 깨작거리며 움직이지 않았다.

그때 초류향이 조용하게 입을 열었다.

"돌아온다고 확실하게 장담은 할 수 없을 것 같습니다."

담담하면서도 묵직한 저음.

그것이 가볍게 떨리고 있었다.

"……."

"그래도 이 기억은 잊지 않겠습니다."

소중한 기억들이었다.

사라진 오 년 동안의 기억들 중 억지로 겨우겨우 붙잡아 놓은 따스한 추억들.

절대 잊어선 안 될 기억이었다.

초류향은 자리에서 일어나 두 손을 가운데로 모아 읍을 해 보인 후 약간 일그러진 얼굴로 입을 열었다.

"보중하세요."

"……돌아온다고 장담할 순 없어도, 네가 건강할 거라는 건 확신해도 되겠니?"

춘하월의 엄마.

그녀의 물음에 초류향은 멈칫했다가 고개를 끄덕였다.

"예."

"그럼 됐다."

초류향은 입술을 몇 번 달싹거리며 무언가를 말하려다가 결국 속으로 삼킨 후 몸을 돌렸다.

그리고 문을 열고 나서자마자 미친 듯이 내달렸다.

쐐애애애액—

그의 몸이 하나의 화살이라도 된 듯 질풍처럼 쏘아져서 사라져 갔다.

초류향이 사라진 빈자리를 멍하게 바라보고 있던 춘삼이 가볍게 중얼거렸다.

"갔네."

"응."

"소소가 정말 가 버렸어."

"정신 차리고 내일 일 나갈 준비나 해요. 아빠."

춘삼이 세상 다 산 듯한 얼굴로 늘어져 있을 때.

춘하월은 초류향이 앉아 있던 의자를 안으로 밀어 넣으며 중얼거렸다.

"오빠는 돌아올 거예요. 일이 다 끝나면."

그게 언제가 될지 모르지만 그녀는 기다리기로 결심했다.

기다리는 건 별로 어려운 일이 아니니까.

*　　*　　*

초류향은 미친 듯이 내달리다가 눈앞에 거대한 호수가 나타나자 멈칫했다.

그리고 달빛 아래 일렁거리는 호수를 잠시 멍하게 바라보았다.

호수의 내부는 시커먼 밤하늘처럼 어두웠지만 그 수면만큼은 달빛이 은은하게 부서져서 고요한 아름다움을 뽐내고 있었다.

'이제부터 모든 걸 혼자서 해결해 가야 한다.'

생각해 보면 태어나서 지금까지 혼자서 무언가를 완전하게 해 본 적이 한 번도 없던 것 같았다.

항상 주변에서 누군가 도와주었고, 그 보이지 않는 도움들이 그동안 그를 보호하고 있었던 것이다.

'서둘러야 해.'

감상에 빠지는 건 나중으로 미뤄 두어야 했다.

지금은 그런 게 중요한 때가 아니었으니까.

초류향은 울렁거리는 마음을 가까스로 억제하며 일단 소매의 물건들을 꺼내 보았다.

오른쪽 유리가 완전히 부서진 안경과 한 쌍의 팔찌.

초류향은 팔찌를 양손 팔목에 끼운 후 잠시 기다렸다.

전신의 기운들 중 일정량이 썰물처럼 빠져나가는 것이 느껴졌다.

기운이 빠져나가는 것이 멈추자 초류향은 마른땅에 앉아서 안경을 만지작거렸다.

그러다 무언가 결심한 듯 오른쪽 안경 부분을 완전히 부숴 버렸다.

빠직—

부서진 부분은 바닥에 묻었고, 왼쪽의 멀쩡한 부분만 조심스럽게 소매에 챙겨 넣었다.

그 상태로 잠시 호수를 바라보던 초류향은 일의 순서들을 정리하기 시작했다.

앞으로 어떻게 해 나가야 할지 차분하게 정리하기 시작한 것이다.

그리고 그 정리가 끝나자 초류향은 입을 열었다.

"나와라."

아무도 없는 텅 빈 산속의 호수.

그곳에서 초류향의 말에 대답해 줄 사람은 없었다.

하지만 초류향은 기다렸다.

그러고도 대답이 없자 얼굴을 찡그리며 다시 입을 열었다.

"네가 애초에 내 곁에서 멀리 떠나지 못한다는 걸 알고 있다. 그러니 숨어 있지 말고 나와."

[…….]

저 멀리.

호수의 반대편에서 무언가 작은 생물체가 불쑥 나타났다.

달빛을 받아 은은한 흰빛을 띠고 있는 작은 생물체.

막수였다.

초류향이 호수 반대편에 있는 흰색 토끼를 바라보며 입을 열었다.

"너에게 묻고 싶은 게 있다."

[기억이 돌아온 게 확실한가 보네?]

무언가 불만으로 가득한 음성이었다.

조금 더 고생하기를 바란 것일까?

"네가 인간의 일을 번거롭고 귀찮게 여기는 건 이해한다. 하지만 이건 나에게 굉장히 중요한 일이야."

막수는 멀찍한 곳에 떨어져서 앞발로 턱을 긁으며 대꾸했다.

[그게 나랑 무슨 상관이지?]

비웃음이 새어 나왔다.

하등한 인간의 일 따위, 막수 입장에서는 별 도움도 되지 않는 번거롭고 귀찮은 일일 뿐이었다.

"도와줘."

[…….]

막수는 눈을 가늘게 뜨고 초류향을 응시했다.

그 오만방자하던 놈의 입에서 저런 말이 흘러나오자 재미있었던 것이다.

하지만 거저 들어줄 수는 없는 노릇.

[애송이, 그럼 너는 나에게 무엇을 해 줄 것이냐?]

"나에게 원하는 것이 있다고 했지?"

[그래, 있지.]

묵룡의 여의주.

확실히 탐나는 물건이긴 했다.

"그것을 주마."

[…….]

이거면 막수가 환장하고 덤벼들 것이라 초류향은 생각했다.

자신에게는 별 필요가 없는 물건이지만 저 녀석은 그 쓰임새와 활용법을 잘 알고 있었으니까.

힘을 회복하는 것에 목숨 걸고 있는 저 녀석이라면 분명 욕심을 낼 만한 물건이었다.

한데 막수는 초류향의 예상과는 달리 떨떠름한 얼굴이었다.

[그게 다냐?]

초류향은 살짝 당황했다.

하나 그 당황함을 숨기고 마른침을 삼킨 후에 입을 열었다.

"……그게 가장 필요한 거 아니었나? 그것 때문에 내 곁에 남아 있다고 생각했는데."

[젠장, 그랬지. 몇 년 전까지만 해도 확실히 그랬다.]

"그 외에 무언가를 더 바라는 거라면……."

초류향은 빈손을 보이며 씁쓸하게 웃었다.

"너도 알겠지만 지금은 너에게 줄 수 있는 게 아무것도 없군."

막수는 탐색하는 눈으로 초류향을 바라보았다.

하지만 초류향의 말은 사실이었다.

그것을 누구보다도 잘 알고 있는 막수다.

그동안 쭈욱.

초류향이 기억을 잃고 백치가 되어서 멍청한 짓을 하고 다닐 때부터 줄곧 곁에서 지켜보아 왔으니까.

"여의주가 필요한 것이 아니었나?"

[필요해.]

"그걸 준다니까?"

[…….]

막수는 초류향의 말에 잠시 침묵을 지키다가 결국 낮게 이를 갈며 소리쳤다.

[이 망할 자식아! 그걸 처먹고 아귀처럼 다 소화시킨 주제에 어떻게 토해 내겠다는 거냐?]

"뭐?"

여의주를 다 소화시켰다니?

그게 무슨 말일까?

[이 튀겨 죽여도 시원치 않을 자식!]

막수는 억울하고 분한 듯 한동안 씩씩거리다가 결국 호수 위를 깡충깡충 뛰어왔다.

빠르게 다가오는 막수를 보던 초류향은 눈을 동그랗게 떴다.

"너……."

막수의 전신에서 엄청난 힘이 들끓어 오르는 것이 느껴졌다.

과거에 보았을 때보다 힘의 크기가 월등히 커져 있었던 것이다.

초류향이 감탄한 표정을 지었을 때.

막수가 입을 열었다.

[그래, 망할 인간아. 난 이미 힘을 회복했다.]

그런데 어째서 아직도 이곳에 있는 걸까?

달에 올라가지 않는 이유가 뭐지?

초류향이 그런 의문 섞인 표정을 하자 막수가 입을 열었다.

[……본래의 내 모습으로 돌아갈 수가 없다.]

막수는 초류향의 바로 앞까지 다가와서 자신의 토실토실하고 복슬복슬한 앞발을 들어 보이며 말했다.

[이제 이 굴욕적인 모습으로 평생을 지내야 한단 말이다!]

"……."

'귀여운데 그게 왜?' 라는 말은 차마 내뱉지 못한 초류향이었다.

# 第三章

# 추적자

"아무래도 이상하단 말이야."

"뭐가?"

"우리 귀여운 소교주님께서는 대체 어디로 숨으셨을까나? 대체 어디로 어떻게 숨어야 이렇게 흔적이 없을 수 있지?"

"호위무사 년놈들이 흔적을 다 지우고 자기가 미끼가 되었으니까 그렇지."

"그렇더라도 이해가 안 돼. 소교주는 분명 백치가 되었다며? 누군가가 보살펴 주지 않는 이상 혼자서 살아남을 수는 없을 텐데?"

"그럼 누군가 보살펴 주고 있는 모양이지."

산속에 마련된 모닥불.

그 불가에 앉아 있는 두 명의 사내는 현재 봉문 중인 천마신교 소속의 추적자들이었다.

두 명의 사내들 중 덩치가 좋고 수염이 덥수룩한 남자가 입을 열었다.

"바로 그게 문제야. 누군가가 보살펴 주고 있다는 점."

그는 불쏘시개로 모닥불을 뒤집으며 웃었다.

"흐흐, 분명 자기가 보살펴 주고 있는 사람의 정체도 모를 거야? 그렇지? 그 녀석이 얼마나 엄청난 살인귀인지 알 리가 없겠지."

"그럴지도. 외모는 그렇게 안 보일 테니까."

바짝 마른 사내가 고개를 끄덕이며 대답하자 수염이 덥수룩한 사내는 불쏘시개를 모닥불 속으로 집어던지며 투덜거렸다.

"젠장! 그래도 이건 좀 너무하지 않나? 자네나 나나 이 꼴이 뭐야? 산적과 다를 게 없어."

마른 사내는 고개를 저었다.

"너만 그래. 나는 아니다. 나는 관리하거든."

"어련하시겠습니까?"

수염이 덥수룩한 사내.

그는 현재 천마신교의 십대 무력 단체 중 하나인 신마대를 이끌고 있는 대주였다.

그의 이름은 마홍열.

두 개의 단창을 주로 사용하는 절정 고수였다.

그런 마홍열의 맞은편에 있는 비쩍 마른 사내.

약간 창백한 인상의 그는 마찬가지로 십대 무력 단체 중 하나인 염

라대의 대주였다.

이름은 선주혁.

두 개의 손으로 펼치는 지옥화강수가 그의 주특기였다.

"내가 이런 허드렛일이나 다시 하게 될 줄은 몰랐어. 이런 건 막내 때나 하는 건데."

시무룩한 얼굴의 마홍열을 보며 선주혁이 툭 내뱉었다.

"어쩔 수 없지. 아무리 소교주가 기억을 잃었다지만 화경의 고수. 그러니 놈을 죽이려면 믿을 만한 실력이 있는 사람이 추적해야 하니까."

"그게 왜 하필 너랑 나냐고!"

마홍열이 버럭 소리치자 선주혁이 음침한 얼굴로 말했다.

"그걸 정말 몰라서 묻나?"

선주혁의 물음에 마홍열은 입맛을 다시며 다시 모닥불을 응시했다.

"……젠장, 알아. 우리가 제일 적임이라는 거. 나는 그게 마음에 안 든다는 거야."

"세상은 마음에 드는 일만 하면서 살 순 없지."

선주혁과 마홍열.

그들은 이런 일에 경험이 많았다.

누군가를 추적하고 죽이는 일.

지금이야 신마대주, 혹은 염라대주라 불리며 높은 자리에 있지만 사실 그들도 그 근본은 암살자였다.

그것도 사대 세가에서 팍팍 지원해 주던 아주 성공한 암살자.

"근데 교주님은 정말 죽은 걸까?"

"모르지."

"다들 죽었다 살았다 말만 많잖아."

마홍열의 불만을 듣고만 있던 선주혁은 비릿하게 웃었다.

"그가 죽었든 살았든 사실 그건 중요한 게 아니다."

"그럼? 뭐가 중요한 건데?"

"중요한 점은 한 가지."

선주혁은 바닥에 떨어져 있던 작은 돌멩이 하나를 집어 들어서 그걸 저 멀리 던지며 말했다.

"그가 천마신교를 떠났다는 점이다. 이건 확실한 사실이지. 그는 다시 돌아올 수 없다."

"……."

그랬다.

죽었든 살았든 공손천기는 천마신교를 떠났다.

무려 오 년 동안이나 자리를 비운 것이다.

이런 경우 자연적으로 교주직에서 물러나게 된다.

그것이 천마신교의 오랜 율법.

하나 그동안 워낙에 공손천기가 막강한 영향력을 휘두르고 있었기 때문에 그가 없어진 지금 천마신교는 극도로 불안정한 상태였다.

기존에 교주를 두둔하고 있던 보수파는 실종 상태인 소교주를 다음 대 교주로 세우려고 했고, 사대 세가를 비롯해서 새로운 교주를 추대하려는 개혁파는 그것에 반대하고 있었기 때문이다.

천마신교는 현재 그 두 개의 세력이 미묘하게 대치 중이었다.

"지금 상황에서 가장 빠르게 안정을 찾을 수 있는 확실한 방법은 역시 소교주의 목을 가져가는 것이다."

"그렇겠지……."

보수파 역시 분명 소교주를 은밀하게 찾아다니고 있을 것이다.

그들보다 먼저 소교주를 찾아야 했다. 다행이라면 앞의 두 번은 개혁파가 더 빨리 소교주를 찾아낼 수 있었다.

덕분에 모을 수 있는 모든 무력 단체들을 끌고 와서 재빨리 소교주를 쳤던 것이다.

하나 운휘와 화령이라는 지독한 년놈들이 수작을 부리는 바람에 정작 중요한 소교주는 놓쳐 버렸다.

"근데 정말 신선이 되었을까? 교주님 말야."

선주혁은 마홍열을 냉정하게 바라보며 대답했다.

"모르지. 확실히 그는 워낙에 엄청난 사람이었으니까 정말 소문처럼 신선이 되었을 수도 있겠지."

"웃기지도 않구만. 마교 교주가 신선이라니."

두 명의 사내는 그렇게 가볍게 수다를 떨다가 자리에 누웠다.

자리에 눕자 마홍열이 불쑥 입을 열었다.

"내일부터는 이런 산속을 뒤질 게 아니라 마을을 좀 돌아봐야겠어."

"마을?"

"엉. 아무래도 산속에 숨어 사는 것보다는 마을에 있는 편이 보살핌을 받기에 편할 거 아냐?"

"그럴지도……."

"어차피 이렇게 산을 돌아다녀 봐야 나올 것도 없는데 내일은 좀 제대로 된 곳에서 자 보자."

선주혁은 고개를 끄덕였다.

소교주가 마을에 있을 것이라는 주장에는 반신반의하는 입장이었지만, 더 이상 이렇게 노숙하는 것도 질려 가고 있었던 참이었기에 마홍열의 말은 상당히 매력적이었다.

그들은 그렇게 내일을 위해 깊은 숙면에 빠져들었다.

*　　　*　　　*

초류향은 막수와 마주 앉았다. 그리고 말했다.

"그러니까 힘은 되찾았는데 본래의 모습으로 돌아가지는 못한다는 건가?"

[그래, 이 망할 자식아. 네놈이 애초에 여의주를 빨리 줬더라면 이런 일도 없었을 것 아니냐!]

초류향은 설핏 웃었다.

그리고 말했다.

"그런 가정은 애초에 쓸데없는 것이지. 지금 너와 나는 현실적인 이야기를 해야 한다."

[망할 놈! 스승이나 제자 놈이나 똑같이 재수 없는 족속들이다.]

초류향은 눈을 빛냈다.

막수의 말에서 무언가 이상함을 느낀 것이다.

"스승님을 보았나?"

막수는 대답하지 않았다.

뒷발로 몸을 꼿꼿이 버티고 서서 짧은 앞발로 팔짱을 낀 듯한 모양새를 만들더니 으스대며 말했다.

[궁금하더냐, 애송이?]

초류향은 고개를 끄덕였다.

평소라면 감정을 숨기고 자제하려고 했겠지만 이 문제는 다르다.

"어떠셨지? 스승님은 괜찮으신가?"

[어떨 것 같으냐?]

초류향은 상체를 바짝 숙여 막수에게 가까이 가며 물었다.

"괜찮으시겠지? 그렇지?"

[푸흐흐, 네놈도 다른 인간들과 똑같이 어리석은 놈이구나. 너도 이미 어느 정도 짐작하고 있지 않느냐? 어떻게 되었을 것 같으냐?]

"……."

막수가 되물었지만 초류향은 입을 열지 않았다. 그저 말없이 막수를 바라볼 뿐이었다. 막수는 그런 초류향의 간절한 시선을 피하지 않았다. 오히려 코끝을 찡긋거리며 즐겁다는 듯 웃었다.

[지금 네놈을 보니 과거에 어리석은 인간들이 했던 말이 생각나는군.]

"……뭐지?"

[짝사랑은 덧없는 거다, 꼬맹아. 그 대상이 보답을 기대할 수 없는 상대라면 더욱 그렇지.]

초류향의 얼굴이 굳어졌다.

보답을 기대할 수 없는 상대라는 말에서 막수가 전하려는 의미를 완전히 이해했기 때문이다.

"그런가…… 결국 그렇게 되신 건가."

초류향은 어두운 얼굴을 해 보였다.

그동안 어렴풋이 예상은 했지만 확신이 들지 않았다.

아니, 확신을 하고 싶지 않았다.

하나 이제는 인정할 수밖에 없는 것 같았다.

'스승님은 이제 곁에 없다.'

초류향은 허탈한 얼굴로 그 생각을 곱씹으며 바닥에 잠시 주저앉았다. 그리고 멍하게 호수를 바라보았다.

잔잔한 호수의 표면 위에는 아직도 그림 같은 달이 떠 있었다. 말없이 그런 달을 바라보던 초류향이 말했다.

"달은 어떻게 생겼지?"

[뭐?]

"네가 살고 있던 월궁은 어땠냐고 물었다."

[과연 어리석은 인간들이 궁금해할 법한 질문이군.]

어리석은 인간.

막수가 말하는 그 단어가 지금 초류향에게 너무도 절실하게 다가왔다. 초류향은 순순히 긍정하며 막수를 바라보았다.

"달로 돌아가고 싶다고 했나?"

[물론이지.]

"돌아갈 수가 없는 건가? 아니면 돌아가지 않는 건가?"

[내가 일부러 돌아가지 않는 거다. 이런 꼴로 어떻게 가란 말이냐?]

막수가 두 팔을 허공중에 버둥거리며 말하자 초류향은 귀엽다는 생각을 필사적으로 억누르며 애써 진지한 표정으로 고개를 끄덕였다.

"그렇긴 하겠군."

[나는 본래의 내 몸으로 돌아가지 않으면 월궁으로 갈 생각이 없다.]

"그럼 계속 이곳에 있을 생각인가?"

[그건 아니지.]

막수는 눈을 빛냈다. 그는 진지하게 초류향을 바라보며 입을 열었다.

[나는 너에게 기대를 걸고 있다, 애송이.]

"나에게?"

[그래. 네놈이라면 어쩌면 가능할지도 모르지. 그래서 네놈 주변에서 기다린 거다.]

초류향은 고개를 갸우뚱거렸다.

자신에게 무슨 재주가 있어서 이놈이 원하는 본래의 모습으로 되돌려준다는 걸까?

[방법을 생각해라. 다른 놈은 몰라도 너는 확실히 알고 있다고 했다.]

"내가 알고 있다고? 누구에게 그런 소리를 들었지?"

막수는 움찔했다.

그러다 곧 별수 없다는 얼굴로 입을 열었다.

[공손천기. 그 건방진 인간이 나에게 해 준 말이니 확실하겠지.]

"스승님께서 그러셨다는 건가……."

[그러니까 방법을 생각해 내라. 애송이.]

착환법이라면 어쩌면 가능할지도 모르겠다.

한데 그걸 스승님께서 어떻게 아신 걸까?

초류향이 고민하고 있을 때.

막수가 입을 열었다.

[알고 싶은 게 뭐냐, 애송이.]

초류향은 눈을 반짝였다.

"물어보면 말해 줄 건가?"

[이건 거래다. 대신에 네놈이 방법을 알아내면 나를 본래의 모습으로 돌아갈 수 있게 힘을 써 주는 거다.]

초류향은 고개를 끄덕였다.

그건 어렵지 않은 이야기였다.

[물어봐라, 애송이. 들어보고 내가 아는 선에서 곤란한 것만 아니라면 말해 주도록 하지.]

"곤란한 것?"

[그런 게 있다. 내가 판단할 문제야, 그건.]

초류향은 일단 고개를 끄덕였다.

지금 당장은 반드시 알아야 할 이야기가 있었으니까.

나머지는 나중에 알아도 상관없었다.

"운휘는 어떻게 되었지? 노진녕이나 화령 등 다른 사람들은? 내 주변에 있던 사람들의 행방은 어떻게 되었지?"

막수는 코끝을 씰룩이며 한 걸음 물러섰다.

[하나씩 물어봐라, 애송아.]

초류향은 막수의 말에 고개를 끄덕인 후 차분하게 머릿속으로 질문들을 정리해 보았다.

그리고 물었다.

"운휘는 어떻게 되었지?"

첫 질문이었다.

가족들의 안부보다 운휘의 안부를 먼저 묻는 이유는 간단했다.

운휘는 항상 초류향과 함께 있었을 테니 그의 행방에 대해서 막수가 정확하게 알고 있을 거라 여긴 것이다.

하나 돌아온 막수의 대답은 실망스러웠다.

[나도 모른다. 그놈은 제 몸뚱이를 미끼로 적들을 유인했거든.]

"그게 끝인가? 조금 더 자세하게 말해 줘."

막수 역시 잠시 이야기를 정리하려는 듯 뜸을 들였다.

초류향은 재촉하지 않았다.

그리고 스스로를 다독이며 차분하게 기다렸다.

마음이 계속 조급해져 왔지만 그것을 최대한 억눌렀다.

지금은 기다려야 할 때였다.

확실하게 모든 이야기들의 앞뒤를 정리한 후에 움직여야 했다.

[어떤 인간들이 단체로 몰려와 너를 죽이려고 했다. 놈들은 엄청난 숫자인 데다가, 조직적이고 치밀했다. 그에 비해서 너희 쪽의 인원은

너와 그 복면 쓴 놈, 그리고 계집애 하나가 전부였지.]

"……."

복면을 쓴 사람은 운휘고, 계집이라면 화령을 말하는 것일 터.

초류향은 마른침을 삼키며 입을 열었다.

"노진녕 호위 무사는? 곁에 없었나?"

그라도 있었다면, 그랬다면 적들이 아무리 많은 숫자라도 감당할 수 있었을 것이다.

화경의 고수 두 명.

그들이 서로 협력한다면 제아무리 숫자가 많다고 하더라도 두려울 것이 없었으니까.

[그 멍청하고 무식한 놈은 없었다. 네놈이 그 커다란 집에서 나올 때부터 그놈은 나오지 못했다.]

어째서?

초류향은 곰곰이 기억을 더듬어 보았다.

생각해 보니 기억을 잃기 직전까지만 해도 노진녕 호위 무사는 심각한 부상을 당하지 않았던가?

"부상 때문이었나?"

[그것까지는 알 수 없지. 아무튼 애초에 너를 따라 나온 것은 그 계집애와 복면을 쓴 놈 둘뿐이었다.]

초류향의 얼굴이 심각해졌다.

화경의 고수와 절정 고수 한 명.

그리고 백치가 되어서 짐 덩이로 전락해 버린 자신.

'아주 손쉬운 먹이였겠군.'

빠드득—!

절로 이가 갈렸다.

어떤 자들이 적이 되었는지 아직까지도 확실하지 않았지만 저 정도라면 한번 건드려 볼 만하지 않은가?

초류향은 끓어오르는 감정을 최대한 억누르며 계속 질문했다.

"그래서 운휘는…… 어떻게 되었지? 그 이후로 합류하지 않았던 건가?"

[그래. 그놈은 다시 돌아오지 못했다.]

초류향의 얼굴이 험악해졌다.

분노한 것이다.

"……어디로 갔는지는 모르겠지?"

[웃기는 질문이군. 그런 놈에게까지 신경 써야 하나, 내가?]

초류향은 무언가 말을 하려다가 입을 꾸욱 다물었다. 지금 입을 열면 이 녀석에게 욕을 할 것만 같았던 것이다. 그건 올바른 해결 방법이 아니었다. 필사적으로 이성을 붙잡은 초류향은 잠시 후 다시 말했다.

"운휘와 헤어진…… 아니, 그가 미끼가 되어서 흩어진 장소는 알고 있겠지?"

[그건 알고 있지.]

초류향은 몸을 일으켰다. 제일 먼저 가야 할 곳이 정해진 것이다.

# 第四章
# 흔적

예부터 상유천당 하유소항(上有天堂 下有蘇杭, 하늘에는 천당이 있고 땅에는 소주와 항주가 있음)이라는 말이 있다.

하늘에 있는 천당에 비할 만큼 아름다운 곳.

그곳이 바로 소주와 항주다.

절강성(浙江省)에서 가장 아름답고 번화한 항주.

그런 항주에서도 가장 아름답다고 알려진 서호(西湖)에 초류향이 등장한 것은 노을이 질 무렵이었다.

[여기다.]

"……."

초류향은 이틀 동안 정말 쉬지 않고 달려왔다.

물 한 모금조차 입에 대지 않고 잠도 자지 않은 채 전력으로 질주해서 여기까지 온 것이다.

아무리 화경의 고수라 하더라도 이것은 상당히 무리한 일이었다.

하나 초류향은 그런 데는 관심도 두지 않고 그저 멍하니 노을 져 가는 서호의 강변을 바라보며 입을 열었다.

"기억이…… 난다."

초류향은 얼굴을 일그러뜨렸다.

이곳에 도착해서 이 풍경을 마주하는 순간.

단편적인 기억이 또다시 떠올랐기 때문이다.

그때도 지금처럼 서호에 붉은 노을이 지고 있었다.

"봄이라곤 하지만 아직 바람이 찹니다, 주군."

운휘는 초류향의 옷깃을 단단히 여미어 주며 희미하게 웃었다.

그는 피로한 기색을 숨길 수 없을 정도로 지쳐 있었다.

적들의 끈질긴 추격으로 인해 마침내 화경의 고수인 그도 탈진해 버린 것이다.

운휘가 이렇게까지 지친 이유는 간단했다.

초류향과 화령을 보호하느라 쓸데없는 동작들이 많아져서였다.

그는 몸 여기저기에 자잘한 부상을 입었지만 자기 상처들은 돌볼 생각도 하지 않고 오로지 초류향의 안위만을 살폈다.

이곳저곳 꼼꼼하게 초류향의 전신을 살펴본 운휘는 안도한 얼굴을 해 보였다.

그러다 문득 설핏 웃으며 말했다.

"주군께서 기억이 없으시니 오히려 주군과 더 많은 말을 나누게 된 것 같습니다."

초류향은 그런 웃는 낯의 운휘를 바라보며 소리 없이 마주 웃어 보였다.

그 해맑은 웃음을 마주하자 운휘는 자신도 모르게 초류향의 머리를 쓰다듬었다가 화들짝 놀라며 손을 떼었다.

"죄, 죄송합니다. 제가 무례를 범했습니다."

스윽—

초류향은 급하게 손을 떼는 운휘의 팔을 덥석 잡아서 아무렇지도 않게 다시 자신의 머리 위에 올렸다.

그리고 그 상태로 운휘를 바라보며 방긋방긋 웃었다.

운휘의 표정이 복잡해졌다.

그러다가 무언가를 결심했는지 초류향의 머리를 조심스럽게 쓰다듬으며 운휘가 말했다.

"제가 제일 처음 주군을 모시면서 했던 말 기억하십니까?"

"……."

초류향은 대답하지 않았다.

운휘는 그런 초류향의 머리를 정돈하며 담담한 미소를 지었다.

"기억하실지 모르겠지만 그때 저는 앞으로 남아 있는 제 모든 시간을 소교주님께 드리겠다고 했습니다."

"……."

초류향의 머리에서 손을 떼어 내며 한 걸음 떨어진 운휘가 말했다.

"이제 그때가 온 것 같습니다, 주군."

갑작스레 운휘가 떨어지자 초류향이 고개를 갸우뚱하다가 한 걸음 그에게 다가갔다.

하나 운휘는 고개를 저으며 입을 열었다.

"지금부터는 저 혼자 가야 합니다, 주군."

운휘는 초류향의 뒤쪽에 묵묵하게 서 있는 화령을 바라보며 입을 열었다.

"내가 미끼가 된다. 뒤로 가서 흔적들을 다 지우고 가겠다."

화령은 고개를 끄덕였다.

이 상황에서는 그게 최선임을 그녀도 알았던 것이다.

지금으로써는 초류향을 살리는 것이 그들의 최우선 목표였으니까.

이제 운휘와는 살아서 만날 확률보다 죽어서 볼 확률이 더 높다는 것을 화령은 본능적으로 알았다.

"부탁한다, 화령."

"걱정 마세요."

화령은 허리춤에 있던 끈을 풀어 초류향에게 조심스럽게 다가갔다.

그리고 초류향을 업어 그 끈으로 자신의 몸과 초류향을 단단하게 조인 후 입을 열었다.

"보중하세요, 운휘 님."

운휘는 고개를 끄덕였다.

그리고 고분고분하게 화령의 등에 업혀 있는 초류향을 바라보며 최대한 밝게 웃어 보였다.

"적어도 저보다 먼저 가시게 하지는 않겠습니다, 주군."

그 의미를 아는지 모르는지, 초류향은 그저 웃으며 고개를 끄덕였다.

그리고 손을 뻗어 운휘를 만지려 했다.

하나 그 손은 끝내 그에게 닿지 않았다.

등을 보이며 그에게서 멀어져 가는 운휘.

그것이 초류향이 기억하는 마지막 모습이었다.

[이제 어쩔 생각이냐?]

"……."

초류향은 아무 말도 하지 않고 바닥을 바라보았다.

그러다 두 주먹을 움켜쥐고 바닥을 거세게 밟았다.

콰아아아앙—!

바위가 산산이 부서지고 주변에 있던 나무와 풀들이 사방으로 비산했다.

솨아아아—

초류향은 그것을 고스란히 뒤집어쓰며 마음속에서 격렬하게 타오르는 무언가를 애써 억눌렀다.

마음 같아서는 지금 당장 손에 잡히는 걸 아무거나 부숴 버리고 싶었다.

'나는 한심하다.'

이 자리에서 웃으며 운휘를 떠나보낸 스스로가 너무도 원망스러웠다.

'어떤 마음이었을까?'

운휘는 이 자리에서 떠날 때 무슨 생각이 들었을까?

초류향은 운휘가 사라진 방향을 바라보다가 입을 열었다.

"어쩔 거냐고 물었나?"

[그래.]

"뻔한 것 아니야?"

다음 행동은 정해져 있었다.

찾아야 했다.

운휘가 마지막으로 간 방향이 이쪽이니 그 뒤를 따라가 봐야 할 것이다.

시간이 많이 지나서 흔적을 찾을 순 없겠지만 최대한 수소문할 생각이었다.

'반드시 찾겠다.'

살아 있을 것이다.

운휘라면, 그라면 살아 있음이 분명했다.

그는 화경의 고수였으니까.

초류향이 알고 있는 운휘는, 어떤 위기가 닥쳐도 쉽게 죽어 줄 사람이 아니었다.

'지금까지 내 옆에 없었던 것은 단지 길이 엇갈렸기 때문이다.'

초류향은 그렇게 마음을 다독이며 운휘가 사라졌던 방향을 더듬어 가며 걷기 시작했다.

*　　*　　*

초류향이 운휘의 흔적을 쫓아 걷고 있는 사이, 어느샌가 서호는 여기저기 화려한 밤의 옷으로 갈아입기 시작했다.

대륙 전체를 통틀어 가장 화려하다는 서호의 밤이 찾아온 것이다.

길거리는 색색의 불빛들이 가득해졌고, 골목 어귀마다 남녀가 즐겁게 웃는 소리가 흘러나왔다.

그 왁자지껄하고, 흥청망청한 분위기의 거리를 초류향은 묵묵하게 걷고 있었다.

[과연 인간들이로군.]

막수는 인간들의 유흥을 지켜보며 입가에 비웃음을 그렸다.

저급하고 미개하게 노는 모습이 볼썽사나웠던 것이다.

막수가 초류향을 향해 말했다.

[너는 설마 그 복면 쓴 놈이 살아 있다고 믿는 것이냐?]

"……."

초류향은 잠시 자리에서 멈칫한 다음 고개를 아래로 숙였다.

그리고 막수의 눈을 바라보며 말했다.

"죽었을 가능성이 더 낮다."

[어째서?]

당연한 일이다.

초류향은 자신이 알고 있는 운휘의 모습을 그리다가 입을 열었다.

"운휘는 그런 사람이니까."

[……너도 대책이 없는 놈이다.]

초류향은 막수의 말을 무시하며 다시 걸었다.

막수를 납득시킬 필요는 없었다.

하지만 초류향은 그가 무조건 살아 있을 것이라 믿었다.

그러니 찾기만 하면 되었다.

그를 찾으면 그 이후의 문제들은 자연스럽게 해결이 될 것이다.

'처음이 어려운 것이다.'

지금 가장 큰 문제는 운휘의 행방이 묘연하다는 것이다.

살아 있다고 확신은 하지만 어디에 있을지는 알 수가 없는 상황.

사실 혼자의 힘으로 그를 찾는다는 게 거의 불가능하다는 것쯤은 초류향도 잘 알고 있었다.

대륙은 너무도 넓었으니까.

그래서 조력자가 필요했다.

사람을 찾는 능력이 뛰어난 아주 든든한 정보 조직.

그것을 이끌고 있는 사람을 만나야 했다.

'과연 이 상황에서 나를 도와줄 만한 단체가 있을까?'

잠시 궁리하고 있자니 머릿속에 두 명의 인물이 떠올랐다.

둘 다 애매모호했다.

'그래도 결정해야 한다.'

한 명은 초류향이 찾아가면 곤란하고 어려운 상황에 처할 사람이었고, 다른 한 명은 초류향이 찾아오면 기쁘게 맞이하겠지만 반대로 초류향 본인이 힘들어질 사람이었다.

'그럼 답은 나왔군.'

초류향은 발걸음을 옮겼다.

그리고 초류향은 곧장 흑월회의 분타를 찾아갔다.

*　　　*　　　*

"누가 저를 만나고 싶다고 했다고요?"

"엄승도라고 했습니다."

"엄승도요?"

"예. 이름만 말하면 알 것이라고 했답니다."

적갈색의 풍성한 머리카락.

도도하고 차가운 얼굴이지만 그 두 눈만큼은 밤하늘의 별처럼 밝은 여인.

냉하영.

그녀는 수하의 보고를 받고 고개를 갸웃거렸다.

그가 아는 엄승도는 천마신교의 사람이기 때문이다.

'그가 나를? 왜?'

그는 천마신교의 그림자다.

그동안 단 한 번도 밖에 드러난 적이 없던 그 그림자가 이렇게 겉으로 대놓고 자신을 만나러 오다니?

'천마신교 내부에 뭔가 큰 변화가 생긴 건가?'

그렇다면 이건 확실히 중요한 정보였다.

자연히 호기심이 발동했다.

"그가 지금 어디 있다고 하셨죠?"

"절강성 항주 분타에 있다고 합니다."

절강성이라고?

사천성과는 완전히 반대쪽이 아닌가?

냉하영이 눈을 깜빡거리다가 그녀답지 않게 다시 한 번 확인했다.

"……절강성 항주 분타에 엄승도가 있다고요?"

"예, 군사님."

냉하영은 머리를 빠르게 굴렸다.

이건 아무리 봐도 이상했다.

톡— 톡—

검지로 탁자를 가볍게 치던 냉하영은 서서히 입가에 미소를 그렸다.

그러고 보면 엄승도라는 존재는 세상에 단 한 번도 드러난 적이 없다.

적어도 '공식적'으로는.

그렇기 때문에 엄승도 본인이 맞는지 확인하려면 번거롭더라도 그 얼굴을 아는 냉하영이 직접 움직일 수밖에 없었다.

그녀 외에는 엄승도가 맞는지 확인해 줄 사람이 흑월회에 없는 것이다.

냉하영은 이 사실에 주목했다.

'재미있는데?'

만약의 이야기지만 엄승도와 그녀의 관계를 알고 있는 누군가가 있다면, 이 사실을 얼마든지 써먹을 수도 있다는 이야기다.

하지만 세상일이 그렇게 쉽지만은 않았다.

냉하영은 입가에 미소를 그린 채 말했다.

"저를 찾아온 사람의 얼굴이 그려진 용모파기가 있겠죠? 그것을 가져오세요."

"예."

냉하영은 쉽게 아무렇게나 움직일 수 있는 위치의 사람이 아니다.

그녀는 흑월회라는 거대한 단체의 두뇌였고, 허투루 움직이는 것은 그만큼 큰 손해를 감내해야만 하는 일이었으니까.

가장 확실할 때만 움직여야 하는 것이다.

잠시 후 수하가 건넨 한 장의 용모파기를 보던 그녀는 고개를 갸우뚱거렸다.

얼굴이 무척 낯이 익었던 탓이다.

'어디에서 본 거지?'

그녀는 자신의 기억력을 믿었다.

분명히 이 얼굴은 머릿속에 남아 있는 사람이다.

가만히 용모파기를 들여다보던 그녀는 그 종이를 살짝 옆으로 돌려보고 조금 떨어져서 보다가 불현듯 자리에서 벌떡 일어섰다.

"설마……."

"아는 분이 맞으십니까?"

"……."

냉하영은 대답하지 않았다.

그저 용모파기를 뚫어져라 바라볼 뿐이었다.

확신이 없었다.

너무 많은 점이 변해 있었기 때문이다.

그녀는 고민하다가 수하를 바라보며 입을 열었다.

"그가 정말 저에게 아무 말도 전하지 않았나요? 분명히 무언가 말을 했을 텐데요?"

단순히 이것만 가지고 확신할 순 없다.

비슷하긴 해도 용모파기 하나만으로 단정 짓고 움직이기엔 그녀의 위치가 가볍지 않은 탓이다.

그리고 그녀가 알고 있는 '그'라면 분명 하나의 단서를 더 주었을 것이다.

과연 수하는 조금 복잡 미묘한 표정으로 입을 열었다.

"만약 군사님께서 자신에게 전한 말이 정말 없냐고 확인차 물어보신다면 이 말을 전해 주라고 했습니다."

"그가 무어라 했나요?"

"'이 세상에 공짜는 없다. 너와 거래를 하고 싶다.'라고……."

냉하영은 희미하게 웃었다.

그리고 몸을 일으켰다.

확실했다.

절강성에 있는 사람은 분명 그가 맞았다.

아주 오랜 시간 동안 찾고 있었던 이가 아닌가?

'이제 강호가 변할 것이다.'

지금 이 시점에서 그의 등장은 아주 많은 것을 바꿀 것이다.

천마신교는 아직까지 단단하게 문을 걸어 잠그고 있지만 분명히 속으로 균열이 가고 있었다.

'전체적으로 조용히 무너지고 있다.'

냉하영에게는 아주 좋은 기회였다.

이유는 불명확했지만 그 단단했던 천마신교에서 조금씩조금씩 정보들이 흘러나오기 시작했으니까.

거기서 흘러나온 정보의 조각들을 모으고 모아서 얼마 전에 겨우겨우 하나의 결론에 도달한 냉하영이었다.

'공손천기는 더 이상 천마신교에 없다.'

냉하영은 이 결론을 내려 놓고 고민했다.

확신이 없었기 때문이다.

하나 이제 확신을 줄 사람이 그녀를 기다리고 있었다.

그를 만나면 완전한 그림이 그려질 것 같았다.

* * *

"꼴이 아주 우습게 되었구나."

태 공공.

그가 부상당해서 요양하고 있는 주호유를 찾아와 한 첫마디였다.

주호유는 자신을 찾아온 태 공공을 보며 쑥스럽게 웃어 보였다.

"면목 없습니다."

"당연히 면목이 없어야지. 내가 곁에 없으니 이런 꼴사나운 사태를 겪는 것 아니냐?"

태 공공은 주호유의 침상 앞에 의자를 가져와 앉은 다음 물었다.

"그놈은?"

"묵혼 대협 말씀하시는 겁니까?"

"대협은 무슨, 놈은 그저 사냥개일 뿐이다."

태 공공의 비웃음에 주호유는 뒷머리를 긁적였다.

황실 비밀 감찰사 묵혼.

그가 태 공공을 환관이라고 싫어하듯, 태 공공 역시 묵혼을 싫어했다.

둘의 이런 관계는 주호유를 힘들게 만들었다.

앞으로 같은 목적을 달성하기 위해 함께 일을 해야 하는데 이래서야 매우 피곤해지는 것이다.

'내가 이래서 일부러 태 공공을 떼어 놓은 거였는데…….'

하필이면 태 공공을 떼어 놓고 얼마 지나지 않아서 위기가 찾아왔다.

주호유 역시 자신이 설치한 진법이 그리 쉽게 돌파될 줄은 생각지도 못했던 것이다.

쓴웃음이 새어 나왔다.

"대장군께서는 걱정을 하고 계신다."

태 공공의 말에 주호유는 고개를 끄덕였다.

대장군 척계광.

그가 무엇을 염두에 두고 있는지 알았기 때문이다.

"황실의 내부 사정도 지금 썩 좋지 않아. 알고 있었나?"

"예."

"힘든 줄은 알지만 일을 서둘러야 해. 잘못하면 모든 것이 물거품이 될 수 있다."

"……알겠습니다."

주호유는 고개를 끄덕였다.

이제는 주어진 시간이 많지 않았다.

지금은 황실도 권력 다툼 때문에 한 치 앞을 알 수 없는 상황이었고, 척계광의 자리도 그다지 안전하지 않았던 것이다.

잠시 여러 가지 생각들을 정리하던 주호유는 창밖을 바라보며 한숨을 내쉬었다.

'그나저나 그 꼬마는 잘 있으려나…….'

마지막 만남 이후로 시간이 많이 흘렀다.

녀석도 이제 성장했겠지만 주호유의 기억에 있는 '그'는 아직도 어린아이였다.

*　　*　　*

"분명 초류향이라고 했겠다?"

"예."

"익숙한 이름이 아니더냐? 너도 들어본 이름이지 않느냐?"

제갈유성의 말에 제갈무휘는 고개를 끄덕였다.

그 역시 거기까지 생각했던 것이다.

"그때는 미처 생각하지 못했지만…… 그자일 가능성이 높겠지요. 그자의 진법 숙련도를 보면 아마도 맞을 겁니다."

진법과 무공.

두 가지를 모두 성취했던 자.

강호에 몇 번 등장하지 않았지만 등장할 때마다 손을 피로 물들이기를 주저하지 않았던 악마 같은 소년.

당시 강호에서는 그 소년을 수라마군(修羅魔君)이라 불렀다.

딱 두 번.

본인의 힘을 두 번만 보였을 뿐이지만 그는 초마공자에서 수라마군이라는 별호를 새로이 얻게 되었다.

"마교의 소공자라는 말이겠지."

"예. 그 녀석이 아마 수라마군이겠죠."

"그자가 어째서 이곳에 있었을까? 사천 땅이 아니라?"

"거기까지는 저도 잘 모르겠어요."

정보가 너무 부족했다.

상대가 정말로 오 년 전에 등장했던 마교의 소교주라면 이건 상당히 큰일이었다.

잠자고 있던 마교가 움직이는 것일 수도 있으니까.

"위에 보고해야겠지요?"

"당연히 해야지. 이 보고가 올라가면 의외의 거물이 움직일지도 모른다."

"거물이라면……?"

제갈유성은 피식 웃으며 제갈무휘를 바라보았다.

"사자검군을 말하는 거다."

"사자검군!"

마교를 죽도록 증오하는 화경의 고수.

태극검황의 후계자이자 그의 진전을 고스란히 이어받아 차세대 정도맹을 이끌고 나갈 최강의 고수가 아닌가?

"그가 이리로 온다면 아무래도 조금 더 편해지겠지."

"그렇죠. 그 정도 고수가 합류하면 일이 한결 쉬워질 겁니다."

화경의 고수 하나가 더해지면서 생기는 전력의 상승은 정말 어마어마했다.

이번에 완벽하게 주호유를 포위했음에도 불구하고 그를 놓쳐야 했던 것도 화경의 고수 한 명 때문이 아니었던가?

"정도맹 측에 보고하겠습니다. 그럼 거기서 알아서 판단하겠죠."

만약에 마교의 소교주가 물밑에서 움직이고 있는 것이라면 이건 정말 대사건이었다.

정도맹이 알아서 사실 여부를 조사하겠지만, 마교가 오랜 봉문을 깨고 움직인다면 모든 강호의 판도가 완전히 뒤바뀔 수 있었기 때문이다.

'천하의 질서가 새롭게 쓰여야겠지.'

과거 구주십오객이라 불리던 고수들은 서서히 뒷방으로 물러나고 있었다.

새롭게 속속 등장하는 고수들로 인해 새 시대가 열리고 있는 것이다.

거기에 더해진 강력한 마교라는 존재.

제갈무휘는 이것이 어쩌면 절호의 기회라고 생각했다.

스스로가 가진 재능을 펼쳐 보이기에 가장 적당한 때가 다가오고 있었다.

*　　*　　*

초류향은 흑월회에서 마련해 준 후원에 앉아서 가만히 기다렸다.

지금 그의 머릿속에는 강호의 정세라든가 차후에 활동할 계획 등은 안중에도 없었다.

지금 당장은 어떻게 해서든지 냉하영의 협조를 받아 내야만 하는 입장이었기에 그녀가 무엇을 원할지 고민하고 있었던 것이다.

'무엇을 요구할까?'

냉하영은 대단히 똑똑한 여자였다.

때문에 그녀가 초류향에게 무엇을 요구할지 미리 가늠하긴 꽤나 어려웠다.

그리고 요구하는 것이 무슨 의도에서 나왔을지도 짐작하기가 쉽지 않았다.

그래서 초류향은 방법을 바꿨다.

그녀가 요구할 것을 생각할 게 아니라 자신이 지금 무엇을 가지고 있는지를 고민한 것이다.

'뭐가 있을까?'

초류향은 조용히 자신의 몸을 슬쩍 내려다보았다.

일단 지금 가진 것이라곤 이것이 전부였으니까.

육체는 기억이 없는 동안에도 꾸준하게 성장하고 있었다.

'대략 육 척(백팔십 센티미터) 정도 되려나…….'

훌쩍 커진 키에 월인도법과 수라환경 덕분인지 몸도 군살 하나 없이 근육들이 적당하게 자리 잡고 있었다.

보기 좋게 다듬어진 매끈한 몸.

그게 현재 초류향의 몸뚱이였다.

'이 몸뚱이 하나밖에 없군.'

초류향은 씁쓸하게 웃었다.

말 그대로 빈털터리인 것이다.

유일하게 내세울 수 있는 것이라고는 튼튼한 몸뚱이가 전부인 상황.

그래서 그는 지금 그 몸뚱이를 놓고 거래할 생각을 하고 있었다.

자기 몸의 가치가 어마어마한 것은 초류향 역시 잘 알고 있었기 때문이다.

'이것으로 무엇을 할 수 있을까?'

생각해 보니까 단순히 맨주먹으로도 할 수 있는 일은 얼마든지 있었다.

게다가 무림에서라면 할 수 있는 일은 더욱 많았다.

그는 화경의 고수에다가 진법의 달인이기도 했으니까.

가만히 이것저것 고민하고 있던 초류향은 눈을 빛내며 웃었다.

'그러고 보니 몸뚱이 말고도 하나 더 있었군.'

지금 와서 생각해 보니 그가 정말로 맨몸뚱이만 가지고 있는 것은 아니었다.

이것보다 더한 가치를 지닌 것을 가지고 있지 않은가?

'천마신교의 소교주.'

초류향은 웃었다.

사실 지금 초류향이 가지고 있는 것들 중 가장 쓸모 있는 패가 바로 이것이었다.

'이건 제법 그럴싸한 간판이다.'

스스로의 몸값을 최대한으로 끌어올려 줄 수 있는 간판.

그것이 바로 소교주라는 직책이었다.

사실 초류향은 아직도 자신이 소교주가 맞는지 살짝 의문이 들긴 했다.

천마신교 내부 사정에 대한 정보가 하나도 없었으니까.

'그 사이에 바뀌거나 하진 않았겠지?'

스승님도 안 계신 지금 이것도 확신할 수는 없었다.

하나 다행스럽게도 천마신교는 아직까지 대외적인 활동을 전혀 하고 있지 않았다.

'이유가 뭘까?'

초류향이 사라졌던 오 년 동안 그들은 조용히 침묵을 지키며 움직이지 않았다.

덕분에 초류향은 자신의 신분을 안심하고 써먹을 수 있는 것이다.

그렇게 이모저모를 따지고 있을 때.

막수가 귀를 쫑긋거리더니 입을 열었다.

[온다.]

초류향은 퍼뜩 정신을 차리고 막수를 내려다보았다.

"누가?"

[네가 찾는 계집.]

초류향은 눈썹을 모으고 감각을 크게 확장해 보았다.

그러나 그의 감각에 걸리는 특이한 것은 없었다.

"어디쯤 왔지?"

[조만간 너도 알 수 있을 거다. 애송이.]

막수는 만사가 귀찮은지 그 말만 하고는 입을 다물고 조용하게 몸을 웅크렸다.

초류향은 감각을 최대한 열어 놓은 상태로 기다렸다.

그러기를 일각(십오 분) 정도.

드디어 그의 감각에 빠른 속도로 이동하는 무언가가 걸려들었다.

'마차를 타고 있군.'

그런데 막수는 대체 어떻게 알아챈 것일까?

생각보다 막수의 감각이 초류향을 훨씬 웃돌고 있었다.

'그러고 보니 이 녀석은 괴물이긴 했지.'

조용히 초류향은 눈을 감고 정신을 집중해 보았다.

심연술을 발동한 것이다.

초류향의 머리 위로 남들에게는 보이지 않는 붉은색 눈이 허공중에 높이 떠올랐다.

그러자 또렷하게 보였다.

'냉하영…… 그리고.'

냉하영의 바로 옆에, 몸을 숨기고 앉아 있는 사내가 있었다.

그녀의 호위 무사.

초류향은 그자에게 신경을 집중했다.

골격 하나부터 근육의 세밀함까지.

그 모든 것을 들여다보기 시작한 것이다.

그러다 피식 웃으며 심연술을 풀었다.

'그는 내 상대가 아니다.'

기억이 없는 동안 초류향은 여러 개의 벽을 뛰어넘었다.

과거에는 초류향의 호승심을 자극했던 냉하영의 호위 무사였지만 지금은 아니었다.

때문에 초류향은 느긋해진 얼굴로 기다렸다.

잠시 후.

흑월회 항주 분타에 도착한 냉하영은 초류향을 만나기 위해 곧장 후원으로 왔다.

후원의 정자에 앉아 그녀를 기다리고 있는 초류향이 보였다.

보는 순간 알았다.

안경도 벗고 있었고, 흘러간 세월만큼 달라진 점이 많았지만 냉하영은 한눈에 알아보았다.

'그 녀석이 맞아.'

그녀의 예상대로 초류향이 맞는 것이다.

그녀가 자신의 생각이 맞았음에 즐거워하며 앞으로 다가갈 때.

불현듯 그녀의 앞을 막아서는 그림자가 있었다.

"……이 이상은 곤란합니다. 군사님."

시엽이었다.

냉하영은 눈을 동그랗게 뜨고 시엽을 바라보았다.

이런 격렬한 반응은 처음 보았기 때문이다.

"무슨 일이지요?"

"……위험합니다."

"위험하다고요?"

시엽은 고개를 끄덕이며 초류향을 노려보았다.

그의 눈에는 강한 불신감이 떠올라 있었다.

"최악의 경우…… 지켜 드릴 수 없을지도 모릅니다."

"……!"

냉하영의 눈이 가늘어졌다.

그러고 보니 시엽의 이마에 송골송골 땀이 배어 나왔다.

극도로 긴장하고 있는 것이다.

'시엽 님보다 더 강해졌다고?'

불과 몇 년 사이에 그게 가능한 것인가?

냉하영이 새삼스럽다는 얼굴로 초류향을 바라보고 있을 때.

초류향은 그들의 대화를 들었음에도 불구하고 아무 말도 하지 않고 기다렸다.

자신의 실력을 어느 정도 꿰뚫어 본 시엽에 대해서는 놀라웠지만 오히려 잘되었다고 생각했다.

그래서 묵묵하게 지켜보고만 있을 때.

냉하영이 잔뜩 긴장한 얼굴의 시엽에게 전음을 날렸다.

『과거에 보았던 적혈명이라는 자와 비교해서 누가 더 강한가요?』

시엽은 고민했다.

과거 적혈명의 수준은 삼황의 바로 밑이었다.

그의 스승이었던 흑월야황 냉무기.

야황과 비교해도 적혈명은 겨우 한 수 정도 밀릴 뿐인 고수였던 것이다.

그 정도로 적혈명은 엄청난 고수였다.

아직까지도 그런 적혈명의 손에서 살아남았다는 것이 기적처럼 느껴졌으니까.

'그런데 문제는…….'

지금의 초류향은 그때의 적혈명보다도 더 강했다.

그 사실을 깨닫자 시엽은 등골이 서늘해지는 충격을 맛보아야만 했다.

'그렇다면 삼황에 비견된다는 소리가 아닌가?'

저 나이에 이룰 수 있는 성취가 아니었다.

시엽이 혼란스러운 얼굴로 석상처럼 굳어 있을 때.

냉하영이 그의 표정을 읽은 후 고개를 끄덕였다.

"알겠어요. 그리고 괜찮아요. 걱정하는 일은 벌어지지 않을 거예요."

냉하영은 시엽의 표정에서 많은 것을 읽었다.

이것은 사실 그녀에게도 상당한 충격이었다.

하나 그녀는 침착했다.

오히려 잘되었다는 생각이 들었다.

시엽을 옆으로 두고 천천히 앞으로 걸어간 냉하영이 초류향의 맞은편에 앉았다.

"오랜만이야."

"그래."

초류향은 냉하영을 바라보며 웃었다.

생각보다 일이 잘 풀렸다고 생각한 것이다.

가만히 냉하영을 바라보던 초류향이 먼저 입을 열었다.

"바로 본론으로 들어가자."

"변한 게 없구나, 넌."

초류향은 씨익 웃었다.

시간이 없었다.

너무도 많은 것이 변했지만, 서로의 안부를 묻는 것은 사치였다.

지금은 그런 게 필요 없는 시점인 것이다.

초류향은 천천히 자신이 가지고 있는 패를 꺼내 보이기 시작했다.

# 第五章

# 흑룡문

최근 급성장하는 세력들 중 유난히 눈에 띄는 곳이 있었다.

흑룡문(黑龍門).

대다수가 삼류 무사나 이류 무인들로 이루어진 흔해 빠진 중소 문파였으나, 요즘은 주변의 세력들을 집어삼키며 빠르게 성장하고 있었다.

그래 봐야 아직은 뒷골목에서 힘 좀 주는 수준이지만 슬금슬금 지역의 터줏대감들을 넘보며 힘을 키우고 있었다.

흑룡문주는 본래 무공이 매우 낮았는데 근래에 들어서 빠르게 성장하더니 최근에는 일류 고수 소리를 들을 정도가 되었다.

문주가 고작해야 일류 고수.

하지만 그들은 뒷골목에서 잔뼈가 굵었기에 함부로 건드렸다가는 뒷수습이 피곤해졌다.

어설프게 건드렸다가는 괜히 독기만 키워 줄 뿐인 것이다.

한 번에 완벽하게 쓸어버려야만 했다.

그래서 그들을 처리하기 위해 흑월회 소속 문파이자 이쪽 근방에서는 가장 규모가 큰 구룡문(九龍門)의 고수들이 움직였다.

그들이 흑룡문을 친 명분은 참으로 간단명료했다.

문파 이름에 같은 '룡(龍)' 자를 쓴다는 게 그 이유였다.

흑룡문주는 피투성이가 된 상태로 장원의 문 앞에 서 있었다.

그리고 그 앞에 아홉 마리 용이 수놓아진 흑포를 입은 중년인이 서 있었다.

"제법 근성은 좋구만. 뼈마디도 단단하고. 조금 더 어릴 때부터 무공을 배웠으면 쓸 만했겠다."

흑룡문주 뇌한적.

그는 중년인의 말에 비웃음을 그리며 바닥에 침을 뱉었다.

침은 핏물이 섞여서 붉고도 진했다.

"……오늘 일을 반드시 후회할 거다."

"누가? 내가?"

"그래, 너. 그리고 구룡문."

흑룡문주 뇌한적은 말을 하면서 통쾌하게 웃었다. 그 모습에 구룡문의 습격자들 중 대표격인 중년인이 고개를 갸웃거렸다.

"그러고 보니 수상하긴 하군. 뒤를 봐주는 곳이 있나? 있으면 어서 말해. 거기도 끝장을 내야 하니까."

"흐흐흐……."

뇌한적은 중년인을 바라보며 고개를 저었다.

저들은 모르고 있었다.

자신들의 뒤에 누가 있는지.

그들이 어떻게 여기까지 왔는지를 전혀 모르고 있었던 것이다.

"아무것도 모르는 주제에 나를 건드린 건 어리석은 짓이었어."

흑룡문주는 주변을 둘러보며 부상자들을 뒤로 물렸다. 그리고 자신도 장원의 가장 깊숙한 곳으로 슬금슬금 물러나며 말했다.

"우리 뒤에 누가 있는지 궁금하다 했나?"

"그래, 궁금하지. 어떤 계열의 문파지? 정도맹 쪽인가?"

중년인은 호기심 가득한 눈으로 흑룡문주 뇌한적을 바라보았다.

이놈 뒤에 누가 있든 오늘 이놈은 여기서 죽는다.

그 사실은 변하지 않는다.

'그래도 뒷배가 제법 믿음직한 모양이지?'

저 정도로 당당한 것을 보면 꽤나 거대한 문파가 뒤를 봐주고 있는 모양이었다.

그래 봐야 구룡문보다는 작을 것이고, 구룡문이 소속된 흑월회보다 크지 않을 게 뻔했다.

느긋한 마음으로 기다리고 있을 때.

흑룡문주가 후원의 벽 너머를 바라보며 말했다.

"형님!"

"……?"

"형님! 아우가 할 수 있는 것은 여기까지인 것 같습니다!"

"무슨 개소리를……."

저놈이 흑룡문주 아니었던가?

그런데 형님이라니?

정보가 잘못되었나?

"누가 있긴 있나 본데……."

중년인이 입술 끝을 씰룩거리며 뒤를 돌아본 순간.

담벼락 위로 검은 그림자가 불쑥 나타났다.

복면을 하고 있는 차가운 눈빛의 사내.

그를 바라보던 중년인의 눈빛이 묘해졌다.

'기척이 전혀 없었다?'

상대방은 고수였다. 그것도 절정 고수인 중년인이 아무런 낌새를 눈치채지 못할 만큼의 고수.

중년인은 마른침을 삼켰다.

'좋지 않아.'

사전 정보에는 저런 고수의 존재에 대한 언급이 없었다.

정보가 잘못된 것이다.

하나 그것을 이제 와서 투덜거려 봐야 소용없었다. 중년인은 조용히 손가락 두 개를 펴서 뒤쪽에 은밀하게 지시를 내렸다.

만약을 대비해 수하들 몇몇을 바깥으로 빼돌리려고 한 것이다.

지시를 받은 수하들이 눈치를 살피다 조심스럽게 뒷문으로 빠져나가려는데 복면을 한 수상한 녀석이 손끝을 움직였다.

푸슛—

뒷문으로 나가던 수하들의 가슴 어림에서 피 분수가 솟구쳤다.

그 모습에 중년인의 얼굴에 경악이 떠올랐다.

"무형지? 설마 화경의 고수인가!"

아무런 형태도 소리도 없었는데 사람이 죽어 나갔다. 저것은 화경의 고수는 되어야 보여 줄 수 있는 무공의 경지가 아닌가?

중년인이 놀란 눈으로 복면인을 살펴볼 때.

그가 입을 열었다.

"너희들은 오늘 여기에서 모두 죽는다."

덤덤하면서도 무미건조한 말투.

하나 중년인은 그 담담한 말이 평생 들어보았던 그 어떤 협박보다도 공포스럽게 들렸다.

'화경의 고수라니…….'

중년인의 전신이 미미하게 떨렸다.

자신은 절정의 고수고, 데리고 온 수하들 역시 일류 고수들이었지만 단지 그것뿐이었다.

화경의 고수 앞에서는 태양 앞에 반딧불인 것이다. 복면인은 겁에 질려 있는 적들을 물끄러미 바라보다 시선을 담벼락 아래로 돌렸다.

그곳에는 자신을 든든한 시선으로 바라보며 서 있는 흑룡문주가 있었다.

"수고했다."

"아닙니다, 형님."

"가서 상처를 치료해라. 여기부터는 내가 한다."

"괜찮습니다, 형님. 이 정도 상처로는 죽지 않습니다."

복면인.

그는 흑룡문주의 말에 낮은 어조로 입을 열었다.

"너는 내가 그분을 찾기 전까지 절대 죽어선 안 된다. 그것이 너와 나의 거래."

"알고 있습니다, 형님."

복면인은 흑룡문주를 말없이 바라보다가 가볍게 담벼락 아래로 내려오며 냉정하게 입을 열었다.

"나는 너의 형님이 아니다. 너 역시 나의 아우가 아니지."

"형님……."

흑룡문주의 얼굴에 안타까움이 밀려왔다.

맨 처음 흑룡문주가 죽기 직전인 복면인을 발견한 건 정말 우연이었다.

그는 몇 번이나 죽음의 경계선을 오락가락했지만 삶에 대한 의지가 강했던지 결국엔 살아났다. 그리고 자리에서 일어난 그는 제일 먼저 흑룡문주에게 무공을 가르쳤다.

생명을 구해 준 은혜를 갚으려 한 것이다. 무공을 가르치고 나서는 그것으로 끝. 그 이상 관계를 발전시킬 여지는 없었다.

떠나려던 그가 이곳에 머문 것은 흑룡문주가 그에게 매달려 필사적으로 설득했기 때문이다.

'저를 밀어내셔도 저는 언제나 형님 편입니다.'

복면인은 마음을 꼭꼭 닫아걸고 미칠 듯이 어떤 사람만을 찾고 있었다. 그 사람이 누구인지는 흑룡문주도 모른다.

하지만 혼자서 찾는 것보다 여럿이서 찾는 게 더 빠르지 않겠는가?

흑룡문주는 그런 단순한 논리로 복면인을 설득했고, 다행히 그것이 먹혀들어 갔다.

그리고 흑룡문주도 정말 최선을 다해서 '그분'을 찾고 있었다.

"뇌한적."

"예, 형님."

"그분을 찾을 때까지는 너에게 힘을 빌려 준다. 하지만 그것으로 너와 나의 관계는 끝이다. 더 이상은 나에게 바라지 마라."

"형님……."

복면인은 그 말을 마지막으로 뚜벅뚜벅 앞으로 걸어갔다.

중년인은 자신에게 천천히 다가오는 복면인을 바라보며 마른침을 삼킨 후 입을 열었다.

"어디 소속이오? 그대 같은 고수가 이런 별 볼 일 없는 문파에 속해 있다니 나는 믿을 수가 없소."

복면인은 선선히 고개를 끄덕였다.

그리고 덤덤하게 말했다.

"믿지 마라. 너는 그럴 필요가 없다."

중년인의 얼굴에 서서히 농도 짙은 공포가 밀려들었다.

'죽는다. 정말 죽는다.'

이자는 정말 자신들을 몽땅 죽일 것이다.

애초에 죽일 생각을 하고 있으니 설득 따윈 불필요하다. 무의미한 것이니까.

저 복면인의 눈에는 이미 여기에 있는 구룡문의 고수들 모두가 시체로 보일 뿐이었다.

"다, 당신이 찾고 있는 사람을 본 문이 찾아 줄 수 있소! 저 녀석보다는 우리 문파가 더 크고 막강하오!"

복면인은 잠시 멈칫했다.

중년인은 그 태도에서 희망을 보았다.

"사람을 찾는 것이라면 본 문의 주특기라 할 수 있소! 누구요? 인상착의를 말해 보시오. 한 달이면 찾아 줄 수 있을 테니……."

복면인은 고개를 저었다.

그리고 말했다.

"진심을 가지고 찾아 줄 사람이 필요할 뿐이다. 너와 너희 문파는 그렇지 않지."

"아니오! 본 문도 필사적으로 찾을 수 있소!"

"거기까지."

복면인은 손을 들어 중년인의 입을 막았다.

그리고 두려움에 질려 있는 적들을 바라보며 말했다.

"너희 문파의 모든 이들을 보내 줄 테니 먼저 가서 기다려라."

"……!"

복면인이 손가락을 하나 들어 허공에 그었다.

그것이 구룡문의 습격자들이 본 마지막 광경이었다.

*　　*　　*

“사람을 하나 찾아 주었으면 해.”

“사람?”

냉하영은 초류향을 바라보며 고개를 갸웃거렸다.

“그런 거라면 천마신교도 만만치 않을 텐데?”

초류향은 고개를 저었다.

천마신교에 기댈 수 있었다면 진즉에 그렇게 했다.

지금은 천마신교가 어떤 상황인지 알 수가 없었다.

괜한 분쟁에 휘말릴 순 없는 것이다.

운휘의 생사를 확인하고 그를 찾는 게 최우선이었다.

“사정이 있다.”

“사정이라…….”

냉하영은 잠시 침묵을 지키고 초류향을 바라보았다.

그러고 보니 이상했다.

옷차림도 그렇고, 혼자 찾아온 것도 그렇고, 무언가 수상했다.

‘이상하네.’

왜 진작 그 생각을 하지 못했을까?

이렇게 무턱대고 단신으로 찾아올 사람도 아니지 않은가?

그 사실을 깨닫고 나니 여러 가지가 이상했다.

초류향은 냉하영이 무슨 생각을 하는지 짐작이 갔다.

하지만 굳이 입을 열어서 설명을 하거나 다른 말을 덧붙이지는 않았다. 그저 그녀가 생각을 다 정리하기를 차분하게 기다린 것이다. 똑똑한 사람이니 무엇이든 확실하게 결론을 낸 뒤 말할 것이라 여겼다.

과연 잠시 후 냉하영은 모든 것을 정리한 다음 말했다.

"너…… 쫓겨난 거야?"

"확실하지는 않지만 그거랑 비슷해."

초류향은 선선히 긍정했다.

부정하거나 돌려 말해 봐야 냉하영 앞에서는 소용없다는 것을 알았던 것이다.

"……황당하네."

냉하영은 어이없다는 얼굴로 초류향을 바라보았다.

초류향 역시 할 말이 없었기에 쓰게 웃으며 입을 열었다.

"그래도 너라면 나를 제값에 사 줄 거라 생각하고 찾아왔다."

냉하영은 고개를 끄덕였다.

고수는 아무리 많아도 부족했다.

게다가 초류향 정도의 고수라면 두 손 들고 환영이었다.

"근데 어쩌다 이렇게 된 거야? 자세한 사정을 알지 못한다면 너를 도와줄 수 없어."

초류향은 고개를 저었다.

"도와줄 필요는 없다. 난 정당한 대가를 바라고 왔을 뿐, 빚을 지려고 온 게 아니니까. 그리고 정확한 사정은 말할 수 없어. 나도 잘 모르니까."

"이 상황에서도 자존심 세우는 거야? 확실하게 빚을 지는 게 낫지 않겠어?"

초류향은 씁쓸하게 웃으며 말했다.

"솔직히 너에게 빚을 지면 나중에 뒷감당이 되지 않을 것 같거든."

냉하영은 초류향을 바라보았다.

초류향 역시 냉하영을 바라보았다.

"누구를 찾는 건데?"

냉하영이 한 발 양보했다.

사정을 파악하고 그것을 통해 다른 그림을 그리고 싶었지만 일단은 물러선 것이다.

당장 파고들지 않아도 차차 알아 갈 수 있다고 여겼으니까.

초류향은 냉하영이 양보한 것을 알았기에 솔직하게 입을 열었다.

"운휘라는 사람이다."

운휘의 신체적인 특징과 알고 있는 모든 정보를 전해 주며 초류향이 입을 열었다.

"그는 분명 나를 필사적으로 찾고 있을 것이다. 그 나름의 방법으로."

"그렇겠지. 근데 무슨 관계야?"

무슨 관계?

이걸 어떻게 설명해야 할까?

잠시 고민하며 침묵을 지키던 초류향이 문득 시엽을 바라보며 입을 열었다.

"너에게 저 사람은 어떤 사람이지? 나에게 설명할 수 있나?"

냉하영은 초류향이 눈짓으로 시엽을 가리키는 것을 보며 자신도 모르게 마른침을 삼켰다.

"보면 몰라? 굳이 설명이 필요해?"

초류향은 씨익 웃으며 말했다.

"운휘 역시 마찬가지다. 그는 나에게 그런 사람이다."

굳이 설명이 필요 없는 존재.

운휘는 초류향에게 그런 존재였다.

겉으로 보기엔 단순히 호위 무사와 주군의 관계였지만 초류향은 운휘와 자신의 관계가 그걸로 끝이라고는 생각하지 않았다.

"뭐야? 둘이 애인 사이였어? 취향이 그쪽인가? 제법 고상한데?"

"……."

초류향이 잠시 어이없다는 얼굴로 냉하영을 바라보자 그녀가 얄밉게 웃으며 말했다.

"농담이야. 네가 그 사람을 생각하느라 너무 경직되어 있는 거 같아서."

"……나는 농담이겠지만 너는 농담이 아닌 것 같은데? 둘이 애인 사이인가?"

초류향이 의미심장하게 웃으며 말하자 이번에는 냉하영이 당황한 얼굴을 해 보였다.

언제나 냉철하던 그녀가 표정 관리를 못 하고 허둥대는 꼴을 보는 것은 초류향으로선 꽤나 신선한 재미가 있었다.

냉하영은 잠시 시엽의 눈치를 살피다가 낮게 이를 갈며 말했다.

"너 아주 지독하게 부려 먹을 거야. 각오해."

"……운휘만 찾아 준다면 열심히 일해 보지."

"한 달. 한 달 안에 그 사람을 찾아 줄게. 화경의 고수라면 금세 찾지. 그러니 너도 한 달간은 나를 도와."

초류향은 고개를 끄덕였다.

이로써 거래는 성립되었다.

*　　*　　*

복면인.

운휘는 흑룡문 후원에 앉아서 눈을 감았다.

'오늘도 찾지 못했다.'

부상에서 회복한 지 이제 반년이 됐다.

하지만 소교주님과 헤어진 기간은 벌써 일 년이 넘어갔다.

초조했다.

아직 완치가 되기 전부터.

겨우 스스로의 몸을 수습할 수 있게 되자마자 운휘는 초류향과 헤어진 곳을 수백 번도 넘게 찾아가 보았다.

하지만 그곳에서는 그 어떤 흔적도 발견할 수 없었다.

그래도 운휘는 확신했다.

'살아 계신다. 분명.'

초류향을 찾을 단서가 없어진 것은 답답했지만, 그래도 이 정도로 완벽하게 흔적을 지웠다면 어떤 식으로든 살아 있을 것이라 여겼다.

게다가 운휘가 초류향의 생존을 확신하는 이유는 또 있었다.

'소교주님의 뒤를 쫓는 누군가가 있다.'

천마신교에서 나온 추적자들.

그놈들의 흔적을 발견하지 않았던가?

아직까지 그들이 돌아다니는 것을 보면 분명 초류향은 살아 있었다.

역설적이지만 그게 가장 확실한 증거인 것이다.

생각 같아서는 추적자들 중 하나를 잡아서 고문이라도 하고 싶었지만 겨우 그 감정을 억눌렀다.

괜히 자신이 살아 있다는 사실을 알릴 필요는 없었다.

일이 더 어렵게 될 수도 있으니까.

'최대한 조용하게…….'

그것이 그동안의 수색 방법이었다.

하지만 슬슬 수색 방법을 바꿔야 할 때가 되었다.

조용하게 진행하되, 정보 단체들을 적극적으로 이용해야 할 필요가 있었던 것이다.

'최대한 빨리 찾겠습니다. 주군.'

헤어지기 직전까지 초류향의 상태는 좋지 않았다.

공손천기가 마지막에 했던 말을 종합해 보았을 때.

초류향은 아직 알에서 깨기 직전인 상태였다.

'가장 위험한 순간이다.'

외부의 위협에 가장 취약한 순간이었다.

화령이 곁에 있을 거라 생각되지만 초류향이 온전치 못한 상태로 얼마나 힘든 일들을 겪고 있을지를 생각하니 운휘는 절로 주먹에 힘이 들어갔다.

제대로 보필하지 못했다고 생각하자 스스로에게 화가 난 것이다.

'그때 그놈을 억지로 데려왔어야 했다.'

운휘는 천마신교를 떠나던 날, 부상에서 덜 회복된 노진녕을 그냥 두고 나왔던 자신을 탓했다.

녀석이라도 있었다면 적어도 이런 꼴을 당하지는 않았을 테니까.

'놈은 잘 지내고 있겠지?'

그래도 한편으로 달리 생각해 보면, 천마신교에 하나의 끈이라도 남겨 둔 것은 다행한 일일지도 몰랐다.

운휘가 보았을 때 지금 천마신교는 굉장히 혼란스러운 상태일 것이기 때문이다.

*　　　*　　　*

현재 천마신교는 운휘의 예상처럼 굉장히 혼란스러운 상태였다.

실종된 소교주를 찾아내서 교주로 등극시키자는 보수파와, 새로운 교주를 세워 교를 안정시키자는 개혁파로 나뉘어서 치열하게 서로를 견제하고 있었던 것이다.

본래대로라면 이건 애초에 승부가 되지 않는 싸움이었다.

보수파에 화경의 고수들이 몽땅 몰려 있었기 때문이다.

하지만 현재 천마신교에 남아 있는 세 명의 화경의 고수.

우 호법, 주 호법, 그리고 노진녕.

이들 중 노진녕은 놀랍게도 보수파가 아닌 개혁파와 함께하고 있었다.

덕분에 미묘하게 양측이 균형을 이루고 있었던 것이다.

우 호법과 주 호법 입장에서 보자면 이것은 명백한 배신 행위였다.

하지만 그런 노진녕에게도 피치 못할 사정이 있었다.

"사부는 안전하시겠지?"

"물론이지."

"만나게 해 줘. 오늘은 얼굴을 보여 준다고 약속했잖아!"

노진녕이 얼굴을 일그러뜨리며 화를 냈지만 그와 마주하고 있는 자는 느긋했다.

"분명 그랬지."

"그럼 빨리 보여 줘. 살아 계신지, 건강하신지만 확인하면 되니까."

"근데 계획이 변경되었어. 미안하다."

그 말에 노진녕의 얼굴이 일그러졌다.

그의 사부.

혈수광마 권광민이 이놈들에게 인질로 잡혔다는 사실을 알자마자 노진녕은 모든 저항을 포기했다.

아버지와 같은 사부가 아닌가?

그의 몸에 상처가 생기는 것은 절대 용납할 수가 없었다.

때문에 소교주 초류향.

그에게 방해가 되리라는 것을 알면서도 천마신교 내부의 알력 다툼에서 사대 세가의 손을 들어 주고 있었던 것이다.

노진녕으로서는 정말 어쩔 수 없는 선택이었다.

"살아 계시고, 건강하시다. 우리도 혈수광마 어르신을 함부로 대할 만큼 나쁜 놈들이 아니야."

노진녕은 화가 났다.

눈앞에 있는 능구렁이 같은 자식의 면상을 하루에도 수십 번씩 짓뭉개 버리고 싶었지만 절대 그럴 수 없었다.

만약에라도 그런 사태가 벌어지게 된다면 사부의 안위를 장담할 수가 없으니까.

"확인만…… 먼 거리에서 확인만 할게. 부탁해. 건강하신지, 내 눈으로 직접 보고 싶어."

노진녕의 앞에 있는 매끈한 얼굴의 청년.

사대 가문들 중 천씨 가문의 후계자.

천자후는 고개를 저었다.

"계획이 변경되어서, 나도 어쩔 수가 없다. 세가의 방침이거든. 미안하다."

"……."

노진녕은 어금니를 깨물었다.

스승님이 어디에 계신지만 알면 구출할 방법을 생각해 볼 수 있을 것이다.

하지만 사대 세가는 바보가 아니었다.

그들은 노진녕이라는 다루기 쉬운 도구를 함부로 잃을 생각이 전혀 없었던 것이다.

노진녕은 그의 사부를 팔면 꼼짝도 하지 못한다는 것을 잘 알았던 탓이다.

"그나저나 오늘 보수파의 대표라 할 수 있는 우 호법님과 회의가 있어. 그럴 리는 없겠지만 혹시 불상사가 생길지 모르니까 네가 나를 보호해 줘."

"……."

노진녕은 대답하지 않았다.

그저 얼굴을 찌푸리며 천자후를 바라볼 뿐이었다.

"왜? 싫어?"

천자후가 불쾌한 듯 얼굴을 찡그리자 노진녕은 금세 당황한 표정을 지으며 서둘러 말했다.

"……아니. 싫을 리가 있나? 그 대신에 이번에는 정말로 사부를 볼 수만 있게 해 줘. 진심이야. 나 사부가 너무 보고 싶어."

천자후는 의외로 쉽게 고개를 끄덕였다.

"그래, 이번에는 정말로 먼발치에서라도 보게 해 주지. 이번에는 진짜다."

선선히 수긍을 하자 노진녕은 놀란 얼굴을 했다.

그동안 항상 말을 빙빙 돌리기만 했는데, 갑자기 순순히 보여 준다고 하니 이상했던 것이다.

"정말이지?"

"그래. 우리도 사실 이번 회의만 잘 마무리되면 더 이상 너를 괴롭히고 싶지가 않아. 혈수광마 어르신 역시 우리와 있는 것보다 너와 있는 편이 더 좋겠지. 그분도 행복한 노후를 보낼 권리가 있으니까."

노진녕은 천자후의 말에서 어느 정도 진심을 읽을 수 있었기에 마른 침을 삼키며 물었다.

"이번 회의가 그렇게 중요해?"

"물론. 새로운 소교주를 뽑을지 말지 결정하기 위한 회의거든."

"……."

노진녕의 눈동자가 크게 흔들렸다.

새로운 소교주라니?

그럼 기존의 소교주님은 어떻게 되는 것일까?

그 의문을 읽었음일까?

천자후가 느긋하게 웃으며 입을 열었다.

"새로운 소교주가 선출되면 기존에 네가 모시던 소교주…… 초류향이었던가? 그 애송이는 이제 본 교의 적이 되는 거지. 본 교가 공개적으로 천하에 추살령을 발표할 수 있게 되는 거야."

추살령(追殺令).

말 그대로 천마신교의 전문 무력 단체가 그 목표를 쫓아가서 죽이는 것을 말한다.

"본 교가 천하에 소교주의 추살령을 발표하면 어떻게 될까?"

"……어떻게 되는데?"

천자후는 재미있다는 얼굴로 설명해 주었다.

"그놈은 그때부터 정도맹에서도 쫓기게 될 거야. 백치가 되었든 뭐가 되었든 간에 어찌 되었건 놈은 그 악마 같은 공손천기의 후계자니까, 정도맹에서도 놈을 죽이려 입에 거품을 물고 달려들겠지."

"……."

"뭐, 대충 상태를 살펴보니 차라리 잘된 거 아니야? 백치라며? 그렇게 살 바에 그냥 죽는 게 낫지 않겠어? 하하하."

노진녕은 멍한 얼굴을 해 보였다.

보수파와 개혁파가 끊임없이 싸우면서도 서로를 어쩌지 못한 것은 노진녕의 존재 때문이었다.

화경의 고수 한 명이 가지는 힘이 그만큼 어마어마했으니까.

보수파에서도 섣부르게 움직일 수는 없었던 것이다.

그렇게 시간을 질질 끌던 개혁파는, 천마신교의 오랜 율법을 거론하며 비어 있는 교주 자리를 새롭게 채우려고 했다.

그리고 오늘이 그 결전의 날인 모양이다.

노진녕은 걱정했다. 천자후가 이렇게 자신감을 보이는 것을 보면 그들에게 어떤 확신이 있다는 소리가 아닌가?

우 호법과 주 호법.

그들이 쉽게 허락하지는 않겠지만 왠지 불안한 노진녕이었다.

## 第六章

# 천하제일 가문

초류향은 약간 느긋한 마음이 되었다.

흑월회와의 거래가 초류향을 느슨하게 만든 것이다.

흑월회의 군사 냉하영.

초류향이 아는 한 그녀는 한 번 한 약속은 반드시 지키는 사람이었다.

'한 달이라…….'

길다면 길지만 짧다면 짧은 시간이었다.

그 시간 안에 운휘를 찾아 준다고 했으니 그녀는 정말 찾아 줄 것이다.

그럼 믿고 기다리기만 하면 되었다.

'세상에 공짜는 없지.'

흑월회는 공짜로 일을 해 주지는 않았다.

흑월회가 초류향에게 원하는 것.

그것은 황실의 시선을 잠시 끌어 달라는 것이었다.

황실의 시선을 돌려놓고 흑월회가 무언가 일을 꾸미려고 하는 것 같았지만 굳이 그 이유까지는 알려고 하지 않았다.

'나쁘지 않은 거래다.'

이건 사실 초류향에게는 너무도 쉬운 일이었으니까.

어떻게 황실의 시선을 묶어 둘까?

그것은 간단했다.

초류향에게는 진법이 있었으니까.

진법이라면 황실의 시선을 확실하게 묶어 둘 수 있었다.

그랬기에 초류향은 느긋한 마음으로 황실의 병력들이 대거 이동하고 있다는 길목들을 제일 먼저 찾아가기 시작했다.

흑월회가 알려 준 정보를 취합해 보았을 때.

안휘성(安徽省)의 성도인 합비가 가장 유력해 보였다.

그곳은 정도맹의 영향력이 강한 곳이었고, 황실이 다음 목표로 삼기에 가장 적당한 곳이었으니까.

그것이 냉하영의 판단이었고, 초류향도 동의했다.

안휘성으로 찾아가 황실의 움직임을 살펴보려 했던 초류향은 전혀 기대하지도 않았던 의외의 사람과 맞닥뜨리게 되었다.

'남궁옥빈.'

한눈에 알아보았다.

많이 변했지만 초류향의 눈은 피할 수 없었다.
정관법으로 보았던 남궁옥빈의 수치는 그대로였던 것이다.
'그러고 보니 여기는 남궁세가의 영역이었구나.'
안휘성은 전통적으로 남궁세가의 세력권이었다.
천하제일 세가라 불리는 남궁세가.
그들의 안마당과도 같은 곳이 바로 이곳, 안휘성이었다.
그리고 황실은 이곳을 다음 목표로 하고 있을 가능성이 가장 높았다.
초류향은 은밀하게 남궁옥빈의 뒤를 쫓았다.
그러다 무언가를 깨닫고 고개를 끄덕였다.
'이미 준비하고 있었구나.'
남궁세가는 과연 전통의 명가였다.
그들 역시 황실의 다음 공격지가 이곳이 될 것이라 결론을 내린 모양이었다.
습격을 받게 되면 최적의 상태에서 바로 대응할 수 있게 그들은 만반의 준비를 다하고 있었다.
가만히 그들의 준비를 살펴보던 초류향은 감탄했다.
그들의 준비에는 빈틈이 없었다.
심지어 정도맹의 안휘 분타까지 끌어들여서 남궁세가는 필승의 의지를 다지고 있었다.
'그래도…….'
황실에서 정말 작정을 하고 달려든다면 남궁세가는 패배를 피할 수 없을 것이다.

하지만 그때는 황실 역시 만만치 않은 피해를 감수해야 한다.

일방적인 패배는 당하지 않겠다는 의지가 곳곳에서 눈에 뜨였으니까.

초류향은 멀찍이 떨어져 남궁옥빈의 뒤를 쫓다가 머뭇거렸다.

'들키겠는데?'

남궁세가의 경비가 생각보다 삼엄했던 것이다.

아무리 초류향이 화경의 고수라지만 이대로 남궁옥빈을 따라간다면 곳곳에 깔린 정찰 인원들의 눈을 피할 수 없을 것 같았기에 잠시 고민했다.

여기서 그의 존재가 겉으로 드러나는 것은 대단히 좋지 않았다.

'그럼 어떻게 할까?'

여기서 돌아갈까?

초류향은 잠시 고민했지만 이왕 내친걸음이라 여겼다.

때문에 얼마 전에 봤던 시엽의 은신술을 머릿속에 떠올리며 그것을 자신만의 방식으로 응용해 보았다.

'가능할까?'

시엽이 보여 주었던 은신술은 상당히 독특했다.

바로 곁에 있어도 사람들은 시엽을 '인지' 하지 못했던 것이다.

그것을 정관법으로 면밀하게 관찰했던 초류향이었다.

초류향은 그때 관찰했던 특징들을 자신의 몸에 맞게 변경해서 조심스럽게 사용해 보았다.

스으윽―

초류향의 몸이 갑자기 안개처럼 뿌옇게 흐려지다가 제자리에서 사라졌다.

잠시 스스로의 상태를 점검한 후 초류향은 조심스럽게 앞으로 걸었다.

약간의 긴장감.

초류향은 길목마다 숨어 있는 남궁세가 고수들의 눈앞을 대놓고 걷기 시작했다.

하지만…….

'성공이다.'

바로 눈앞에 있는 초류향을 인식하는 사람은 단 한 명도 없었다.

바로 앞을 지나가는데도 전혀 눈치채지 못하는 것이다.

초류향은 자신의 은신술이 통한다는 사실에 흐뭇한 얼굴을 해 보였다.

그래서 초류향은 조금 더 대담하게 행동했다.

아예 남궁옥빈 바로 옆에 붙어서 이동하기 시작했던 것이다.

그리고 삼엄한 감시망을 뚫고 나아간 남궁옥빈이 발걸음을 멈춘 곳.

그곳에 도착한 초류향은 자신도 모르게 눈을 동그랗게 떴다.

*　　*　　*

초류향이 남궁옥빈을 따라간 곳에는 엄청난 수의 사람들이 모여 있었다.

'모두가 남궁세가의 사람들인가?'

주변을 둘러보던 초류향은 고개를 끄덕였다.

그의 생각대로 그들은 전부 남궁세가의 사람들이었다.

하나같이 백색의 무복을 차려 입은 데다가, 소매에는 남궁세가 특유의 벼락 무늬가 새겨져 있었으니까.

게다가 놀랍게도 이곳에 모여 있는 대다수가 절정의 고수들이었다.

'대략 칠백 명 정도?'

초류향은 눈을 가늘게 떴다.

한 가문에 소속된 절정 고수의 숫자가 칠백 명 가까이 된다는 것.

이건 정말 엄청난 일이었다.

초류향이 속으로 감탄을 터트리고 있을 때, 입구에서 어떤 표식을 건네받은 남궁옥빈은 천천히 걸어서 단상 근처로 다가갔다.

멈칫.

초류향은 딱 거기까지만 따라가고 더 이상 남궁옥빈을 따라 움직이지 않았다.

그저 걸음을 멈추고 어딘가를 유심히 바라볼 뿐이었다.

단상 위에 있는 몇 명의 사람들 중 초류향의 눈길을 끄는 노인이 있었다.

'누굴까?'

새하얀 백발과 가슴까지 내려오는 흰 수염.

전신 깊숙한 곳에서 고요하면서도 묵직한 기운을 억누르고 있는 노인.

'화경의 고수.'

초류향이 그를 이래저래 살펴보고 있을 때.

남궁옥빈이 그에게 다가가 공손한 태도로 읍을 하며 말했다.

"남궁옥빈이 할아버님께 인사드립니다."

눈을 감고 있던 노인이 천천히 눈을 뜨며 자신의 앞에 서 있는 남궁옥빈을 물끄러미 바라보았다.

"네가 옥빈이냐?"

"예, 할아버님."

남궁옥빈 역시 노인과 시선을 마주쳤다.

찰나의 시간.

노인과 시선이 똑바로 마주하는 그 순간.

남궁옥빈은 번개가 전신을 관통하는 듯한 충격을 받아야만 했다.

그 엄청난 충격을 가까스로 해소할 때쯤.

노인이 작게 중얼거렸다.

"……좋구나."

밑도 끝도 없는 말.

하지만 그 말을 들은 남궁옥빈의 얼굴에는 숨길 수 없는 기쁨이 스쳐 지나갔다.

"감사합니다, 할아버님."

"정진하거라."

"예."

노인은 다시 눈을 감고 명상에 잠겼다.

초류향은 둘의 대화를 듣고 나서야 노인의 정체를 짐작할 수 있었다.

'남궁윤호!'

오대세가의 사람들 중 유일하게 화경의 경지에 들어선 사람.

세간에서 창천검군(蒼天劍君)이라 불리는 고수가 바로 저 노인인 것이다.

이미 은퇴한 몸이었지만 가문의 위기가 찾아오자 오랜 은거를 깨고 세상 밖으로 나온 모양이다.

초류향이 새삼스럽다는 얼굴로 창천검군을 살펴볼 때.

남궁옥빈은 뒷걸음으로 조심스럽게 물러서서 단상의 중심부에 앉아 있는 중년인을 찾아가 읍을 했다.

"다녀왔습니다, 아버지."

남궁세가의 현 가주.

남궁세옥은 문서를 들여다보고 있다가 자신의 막내아들이 다가오자 고개를 끄덕였다.

"살펴보니 어떻더냐?"

"모두가 계획대로 차근차근 준비하고 있었습니다."

"그래, 절대로 빈틈이 있어서는 안 된다. 상대는 황실이니까."

"예, 아버지."

계획은 완벽했다.

적들이 전력을 얼마나 투입할지는 미지수였지만 남궁세가 역시 호락호락하지 않았다.

이건 가문의 이름을 건 전쟁이었으니까.

그들은 천하에 흩어져 있던 가문의 사람들을 모두 소집해서 임전태세를 갖추고 있었다.

"이번 싸움을 잘 견디면 분명 너의 성장에 큰 도움이 될 게다. 절대 무리하지 말고 어른들의 싸움을 지켜 보거라."

"예."

남궁옥빈은 이제 막 절정의 경지에 들어섰다.

또래에 비하면 뛰어난 성취를 보이고 있다 하나, 아직은 이런 큰 싸움의 전면에 서기엔 실력과 경험이 부족했다.

그랬기에 남궁세옥은 그를 후방으로 빼놓았다.

"네 할아버지의 무공을 눈여겨보아라. 본 가의 창천무애검법을 궁극으로 완성하신 분이시니……."

"명심하겠습니다."

남궁세옥은 자신의 아들 중 가장 뚜렷하게 그 두각을 나타내는 막내아들을 보며 희미하게 미소 지었다.

"너에게 거는 기대가 크다. 계속 정진하거라."

남궁옥빈은 담담하게 웃으며 고개를 끄덕였다.

"실망시키지 않을 겁니다, 아버지."

남궁옥빈은 의욕을 불태웠다.

그리고 고개를 돌려 단상의 제일 끝에 앉아 있는 그의 할아버지를 바라보았다.

'보여 주십시오, 할아버님.'

남궁윤호가 꽤나 오래전에 은거를 하는 바람에 남궁옥빈은 그가 실제로 무공을 펼치는 것은 단 한 번도 보지 못했다.

그랬기에 너무나 기대가 되었다.

'완성된 창천무애검법!'

과연 어느 정도일까?

가문의 가장 강력한 무공의 힘은?

황실 때문에 가문에 위기가 찾아왔지만 남궁옥빈은 사실 그다지 걱정하지 않았다.

가문의 저력을 믿었기 때문이다.

지금 이 순간에도 속속 고수들이 합류하고 있었다.

천하 각지에 흩어져 있던 남궁세가의 친족들이 몰려들고 있었던 것이다. 제아무리 황실이라 하더라도 이 정도의 병력을 쉽게 처리하긴 어려웠다.

게다가 지리적인 유리함도 이쪽에 있었고, 사전에 모든 것을 견고하게 준비했기 때문에 급습을 당하지도 않을 것이다.

'하지만…….'

딱 하나가 걸렸다.

현재 남궁세가의 모든 이들이 걱정하는 것은 병력이나 전력의 차이가 아니었다.

단 한 사람.

병력이나 전력을 한순간에 무위로 돌려 버릴 수 있는 한 사람을 걱정하고 있었다.

'주호유.'

천하제일 진법가.

그가 부상을 털고서 움직일지 아닐지가 승부의 관건이었다.

남궁세가는 고민 끝에 제갈세가 측에 도움을 요청했다.

만에 하나 주호유가 온다면 그들만으로는 아무래도 자신이 없었던 것이다.

'이건 시간과의 싸움이다.'

제갈세가에서는 흔쾌히 도움 요청을 받아들였고, 제갈무휘가 직접 이곳으로 오고 있었다.

황실의 움직임이 빠를지, 제갈무휘의 움직임이 빠를지는 아직 알 수가 없었다.

만약 황실이 먼저 움직인다면…… 아마도 이건 꽤나 힘든 싸움이 될지도 몰랐다.

남궁옥빈은 단상의 약간 아래쪽에 마련된 자리에 앉으며 앞으로의 일정을 생각해 보았다.

그리고 그런 남궁옥빈의 옆에 초류향은 그림자처럼 서서 미소 짓고 있었다.

*　　*　　*

초류향이 안휘성에서 조용히 황실의 움직임을 기다릴 무렵.

막수는 혼자 축지법을 펼쳐 은밀하게 어딘가로 이동했다.

깊숙한 산속.

여기저기를 한참 돌아다니던 막수는 어느 순간 움직임을 멈추고 바닥을 몇 번 살펴보다가 입을 열었다.

[개수작 부리지 말고 나와.]

"……."

[모르는 척하려다가 찝찝해서 온 거니까 숨길 생각은 하지 말고.]

"……."

막수는 코끝을 몇 번 실룩거렸다.

그리고 조용하게 말했다.

[마지막으로 말한다, 빌어먹을 놈아. 네가 감히 내 눈을 속일 수 있을 것 같아? 이번에도 안 나오면 정말 그냥 간다?]

그의 경고가 먹혔음일까?

거대한 바위 뒤에서 인기척이 나더니 곧 누군가가 느릿느릿 걸어나왔다.

느긋하고 여유로운 발걸음.

입가에 그려져 있는 오만한 웃음.

막수의 앞에 등장한 것은 대략 열 살 남짓한 어린 소년이었다.

소년은 아쉽다는 얼굴로 막수를 보며 입을 열었다.

"거참, 눈치 한번 빠른 놈일세."

새카만 눈동자와 짙은 흑발.

거기에 대비되는 뽀얀 피부가 귀여운 소년.

소년은 천천히 막수에게 다가가더니 히죽 웃으며 말했다.

"그나저나 오랜만이네? 네 녀석은 그때나 지금이나 여전히 건강해 보이는구나."

막수는 소년을 한동안 물끄러미 바라보았다.

그러다가 뒷발로 일어서서 한심하다는 어투로 말했다.

[참으로 우스운 꼬라지다, 네놈. 그걸 알고나 있느냐?]

"그래? 나는 나름대로 괜찮아 보이는데?"

소년은 자신의 몸을 한 번 이리저리 훑어보더니 피식 웃었다.

"사실 아직도 조금 어색하긴 해, 이 몸뚱이는. 적응이 덜 돼서 그런가."

장난기 가득해 보이는 소년은 자신의 팔다리를 휘적거리며 악동 같은 웃음을 입가에 그렸다.

막수는 그런 소년을 응시하다가 불쑥 입을 열었다.

[네놈은 여기에 있으면 안 된다는 걸 아느냐? 이 생각 없는 놈아. 올라간 지 얼마나 됐다고 벌써 간섭을 하려고 들어.]

소년은 싱글싱글 웃으며 대꾸했다.

"나도 여기 있으면 안 된다는 걸 잘 알고 있지. 그래도 궁금한 걸 어쩌냐?"

[빨리 꺼져. 신경 쓰이게 하지 말고.]

막수가 얼굴을 찡그리며 말하자, 소년은 그런 막수가 귀엽다는 듯이 머리를 쓰다듬으며 웃었다.

"우리 귀여운 막수, 지금까지도 충분히 잘해 줬어. 난 그 칭찬을 해 주려고 내려온 거야."

[……네놈 이 건방진 손 안 치우냐?]

소년은 과장스럽게 놀라는 얼굴을 하며 손을 빼내었다.

그리고 막수를 보며 말했다.

"막수야."

[왜 부르느냐? 건방진 놈.]

"그 아이 곁에서 너무 무리하지 않아도 된다. 너와 나의 약속은 이미 이루어졌으니까. 그러니 적당할 때 올라와."

[…….]

막수는 입을 다물었다.

그리고 무언가를 말하려고 심각하게 고민하다가 결국 아무 말도 하지 못했다.

그 모습에 소년은 묘한 웃음을 입가에 그리며 말했다.

"나와의 약속이 이루어진 것은 너도 알고 있었을 텐데? 아니면 뭔가 마음에 걸리는 거라도 있나?"

마음에 걸리는 것?

소년의 말에 가만히 생각에 잠겨 있던 막수가 내키지 않는다는 듯이 입을 열었다.

[……갑자기 보고 싶어졌다.]

"뭐가?"

[그 애송이 놈이 어디까지 갈 수 있을지 궁금해져 버렸거든.]

소년은 히죽 웃었다.

그리고 자신의 긴 머리를 가볍게 뒤로 묶으며 말했다.

"호기심이냐, 그건?"

[그래, 호기심이다. 인간에 대한 호기심. 네놈 같은 괴물 말고.]

"뭐가 되었든 잘됐군. 네가 그 아이 곁에 있어서 나쁠 건 없겠지."

소년은 근처의 바위에 가볍게 올라가 앉았다.

그리고 하늘을 올려다보다가 자신의 눈앞에 펼쳐져 있는 하늘을 손바닥으로 가리며 아무렇지도 않은 어투로 말했다.

"그 녀석 지금 많이 괴로워하지?"

[그렇겠지.]

"……날 원망하고 있던가?"

막수는 시원스럽게 고개를 끄덕였다.

그리고 쌤통이라는 표정으로 말했다.

[말은 안 했지만 찢어 죽이고 싶겠지.]

"……설마 진짜 그러려고."

막수는 상처 받은 소년의 표정을 보다가 씨익 웃은 후 말했다.

[그놈은 이제부터가 시작이겠지. 하나하나 기억의 조각들을 모으고 있으니까. 그 기억의 조각이 완성되면…….]

소년은 의미심장하게 웃으며 막수의 말을 이어받았다.

"완성되면 조금 정도는 보이겠지. 신세계가."

막수가 고개를 끄덕였다.

[그때부터는 정말 재미있을 것 같다. 곁에서 지켜보는 맛이 있더

군.]

소년은 툴툴 웃으며 고개를 절레절레 저었다.

"그래도 나한테는 안 돼."

[그건 지켜봐야 알겠지, 건방진 놈.]

막수는 등을 돌리고 천천히 걸어가며 말했다.

[올라가면 원숭이 놈에게 안부나 전해 줘라. 조만간 절굿공이로 머리통을 뽀개 준다고.]

"아, 안 그래도 말을 전해 달라더군."

[그놈이? 나에게?]

"엉."

막수는 멈칫하며 뒤를 돌아보더니 잠시 후 입을 열었다.

[……뭐라고 하더냐?]

소년은 빙글빙글 웃으며 말했다.

"궁금해?"

[빨리 말해!]

"그대로 말해 줄까? 아니면 좋게 돌려서 말해 줄까?"

[토씨 하나 빼놓지 말고 그대로 말해!]

소년은 고개를 끄덕이며 목소리를 가다듬은 후 입을 열었다.

"까불지 말고 아래에서 납작 기다가 올라와. 그럼 이 어르신 발바닥 정도는 핥게 해 주마."

[…….]

어이가 없으니 피식 웃음이 나왔다.

막수가 어처구니없다는 얼굴로 한동안 웃고 있자 소년 역시 배꼽을 잡고 마주 웃어 주었다.

한참을 끅끅거리며 웃던 소년은 돌연 몸을 일으키며 말했다.

"아, 재미있었다. 덕분에 오랜만에 웃어 보았네. 그럼 나는 볼일이 끝났으니까 이제 가 볼게."

막수는 얼굴을 일그러뜨리며 소년에게 당부했다.

[……그 원숭이 새끼에게 내 말 꼭 전해. 반드시! 토씨 하나 빼놓지 말고!]

"응, 그럴게. 재미있어 보이니까."

소년은 마지막까지 막수의 염장을 질러 주며 천천히 눈 녹듯이 그 자리에서 사라져 갔다.

막수는 소년이 사라진 자리를 물끄러미 바라보다가 돌연 하늘을 바라보며 얼굴을 찡그렸다.

[저런 놈이 위쪽으로 가게 된 건…… 위에 있는 놈들 입장에서는 참으로 불행한 일이 되겠군.]

생각해 보니 쌤통이었다.

꿀꿀했던 기분이 조금쯤은 풀린 막수였다.

*　　*　　*

금빛 머리카락.

비췻빛 눈동자.

오 년이라는 시간은 소녀를 여인으로 바꾸기에 충분한 시간이었다.
공손아리.
그녀는 이제 아름다운 여인이 되었고, 동시에 빠져나갈 수 없는 거대한 새장 안에 갇힌 새가 되었다.
"린."
"네, 소군주님."
"바깥은 요즘 어때?"
린과 령.
공손아리의 수신호위인 그녀들은 담담한 얼굴로 입을 열었다.
"오늘 회의가 있을 예정이래요."
"무슨 회의?"
린은 잠시 망설였다.
가급적 공손아리가 외부의 일에는 신경 쓰지 않았으면 좋겠지만 이것은 정말 어쩔 수가 없었다.
공손아리도 꼭 알아 둬야 하는 일인 것이다.
"……초류향 소교주님을 축출하고 새로운 교주님을 선출하려는 목적의 회의예요."
공손아리는 멈칫했다.
그러다 미미하게 고개를 끄덕이며 입을 열었다.
"결국 그렇게 되는구나."
"예. 예정되어 있었던 일이지요."
린은 최대한 담담하게 말하려고 애썼다.

이화궁에 갇힌 채 오 년이라는 시간을 보낸 공손아리.

그녀는 지금 인질이었다.

만약에, 정말로 만에 하나 백치가 되어 실종되었다고 알려진 초류향이 교로 복귀하게 되면, 그를 움직이지 못하게 옭아매기 위한 인질인 것이다.

눈에 보이진 않았지만 지금 사방에는 사대 세가의 고수들이 그녀를 철통같이 감시하고 있었다.

"호법 할아버지들은 정말 최선을 다하셨어."

"예."

"하지만 이건 정말 어쩔 수가 없는 문제겠지?"

회의 결과에 따라 다르겠지만, 만약 정말로 초류향을 축출하기로 결정이 된다면 천마신교에서는 그를 죽이기 위해 고수들을 파견할 것이다.

그리고 그와 관련된 이들을 모두 말살하려 들 것이다.

공손아리도 마찬가지였다.

특히 공손아리는 전대 교주의 혈육이 아닌가?

이런 식으로 정식적인 교주 승계를 받지 못한 상태에서 새로운 교주가 즉위하게 된다면 보통은 제일 먼저 죽을 운명이었다.

"아빠는 거짓말쟁이였나 봐."

"공손천기 교주님이요?"

"응."

공손아리는 약간 풀 죽은 음성으로 대답하며 창밖을 바라보았다.

그 모습에 조용히 이야기를 듣고만 있던 령은 고개를 갸웃거렸다.

"왜요?"

"아빠는 얌전히 사고 치지 말고 기다리라고 하셨거든. 그럼 모든 게 다 잘 될 거라고……."

"……교주님이 그런 말을 하셨어요?"

공손아리는 고개를 끄덕였다.

그리고 린과 령을 물끄러미 바라보다 입을 열었다.

"내가 죽으면 린과 령은 슬프겠지?"

"……."

"너무 괴로워하지는 말아 줬으면 좋겠어. 이건 린과 령도 어쩔 수 없는 거니까. 알겠지?"

"……."

린과 령은 아무 말도 하지 못했다.

슬프다?

'정말 단순히 그런 감정만이 들까?'

아주 어릴 때부터 공손아리의 곁에서 함께 지내 왔던 린과 령이었다.

사천 지역에 공손아리가 나가기 전까지는 단 한시도 떨어져 본 적 없이, 셋은 자매처럼 자라 왔다.

그렇게 애지중지 지키고 돌봐 온 공손아리가 죽는데 단순히 슬프기만 할까?

린은 생각만 해도 마음이 먹먹해졌기에 고개를 돌렸고, 령 역시 고개를 떨궜다.

그녀들의 힘은 너무도 미약했다.

공손아리를 위해 아무것도 할 수가 없는 것이다.

가슴이 터질 것만 같았다.

하나 무기력한 그녀들과는 다르게 공손아리를 위해 필사적으로 움직이고 있는 사람이 있었다.

그리고 그 사람은 힘이 있었다.

"누구 맘대로 소군주님이 죽어요?"

이화궁의 후원.

공손아리가 따로 머물고 있는 별궁 입구에 늘씬한 미녀가 나타났다.

선우초린.

그녀는 불만 가득한 얼굴로 린과 령을 노려보았다.

"제가 있는데 소군주님이 왜 죽어요? 절대 그런 일 없을 테니 걱정 마세요."

"링링……."

"지금 회의 결과가 나왔어요."

선우초린은 자신 앞에서 바짝 긴장해 있는 린과 령을 바라보다가 입을 열었다.

"척살령이 떨어졌어요. 소교주…… 아니, 이제 그냥 초류향이군요. 그 녀석을 죽이기 위해서 본 교의 고수가 파견될 거예요."

"……그렇게 되었구나."

"예. 놈은 죽겠지만 소군주님은 걱정 마세요. 제가 책임지고 살려낼 테니까."

선우초린은 진심이었다.

그리고 그녀는 차라리 지금 상황이 잘 되었다고 생각했다.

이런 위급한 상황이 온 덕분에 자신이 공손아리의 신변을 온전히 보호할 수 있었기 때문이다.

'아무에게도 주지 않아.'

사대 세가에서도 선우초린이 직접 나서서 공손아리를 관리하겠다고 한다면 말릴 명분이 없었다.

선우초린은 단순히 사대 세가의 일원이 아니라 천마신교 십대 무력단체 중 하나인 이화궁.

그곳의 궁주가 될 사람이기 때문이다.

'그러니 안심하고 죽어라.'

선우초린은 마지막으로 보았던 꼬맹이 초류향의 얼굴을 떠올리며 속으로 미소 지었다.

*　　*　　*

황실에서는 안휘성으로 대규모 병력을 파견했다.

안휘성은 정도맹의 중심부와 매우 가까워서 이곳을 무너뜨린다면 정도맹의 기세는 상당히 수그러들 수밖에 없었다.

때문에 정도맹 역시 황실의 움직임에 촉각을 곤두세우고 있었다.

그들 역시 이곳이 앞으로의 전쟁을 판가름할 최대 분수령이 될 것임을 알고 있었기 때문이다.

쾅—!

날카로운 인상의 사내.

그는 무당파를 상징하는 검은 소나무가 새겨진 도복을 입고 있었다.

사내는 잔뜩 일그러진 얼굴로 책상을 내려친 후 입을 열었다.

"이게 정말 사실입니까?"

"그렇다더군. 제갈세가에서 올라온 보고서니까 믿을 만하지."

"감히 마교 놈들이…… 미쳤군."

뿌드득—

사내는 낮게 이를 갈았다.

그의 이름은 유설빈.

구주십오객의 하나이자 태극검황의 후계자인 사자검군 유설빈이었다.

"일단 수라마군, 그 녀석 단독으로 움직이고 있다고 하니까 조금 더 지켜봐야지."

"지켜볼 게 뭐 있습니까? 제가 가서 놈을 처리하고 오겠습니다."

상관중달은 고개를 저었다.

지금은 전력의 핵심이 될 수 있는 화경의 고수를 함부로 외부로 돌릴 순 없었다.

"너무 경거망동하지 말게. 지금은 가장 확실할 때만 움직여야 하니까. 놈이 정말 그 수라마군이 맞는지 확인하는 게 우선이야."

"끙……."

유설빈은 수긍했다.

확실하지도 않은 정보에 휘둘려서는 안 된다.

일단 놈이 마교의 졸자가 맞는지부터 확인을 하는 게 우선이었다.

"지금은 저기보다는 안휘성 쪽이 문젠데……."

상관중달은 탁자에 놓여 있는 지도를 내려다보며 미간을 찌푸렸다.

황실 때문에 요즘 정도맹은 정말 미칠 듯이 바빴다.

주호유는 단 한 순간도 방심할 수 없는 치밀한 상대였기 때문이다.

초반에 그에게 무차별적으로 당한 덕분에 상당한 피해를 입고 와해 직전까지 갔던 정도맹이다.

'다시는 그런 일은 일어나지 않아.'

당시에는 적에 대한 정보가 너무 부족했다.

상대방은 이쪽에 대해 훤히 알고 있는데 이쪽은 상대방에 대해 아는 게 너무 없었던 것이다.

속수무책으로 당할 수밖에 없었다.

겨우겨우 주호유에 대해 알아내어 대응하기 시작하자 그때부터 조금 숨통이 트이게 되었다.

"놈들의 이번 목표는 안휘성이 확실합니까?"

"거의 확실하지. 문제는 어느 정도의 전력이 오느냐인데, 그 점을 모르겠어."

"안휘성에는 남궁세가가 있지 않습니까?"

"그들만으로는 부족해."

"들어 보니 남궁윤호 선배님도 나오셨다는데……."

"화경의 고수 한 명으로는 부족하지. 이번에 황실에서 나온 화경의 고수는 밝혀진 것만 해도 셋이거든."

"세 명이요?"

"그렇지."

사자검군 유설빈의 얼굴에 놀람이 떠올랐다.

화경의 고수가 셋이라니?

이건 정말 감당이 안 되는 숫자이지 않은가?

"……아주 작정을 했군요, 그놈들."

"애초에 그 정도 준비도 없이 무림 말살 정책을 펴겠다고 나섰겠는가?"

황실의 주호유.

그를 상대하고 있는 것은 정도맹의 두뇌라 할 수 있는 상관중달이었고, 그는 정말 이래저래 여러 가지 경우의 수를 염두에 두며 촘촘하게 그물을 짜고 있었다.

절대 빠져나갈 수 없는 그물.

때문에 갑작스럽게 등장한 수라마군이라는 이름은 그를 골치 아프게 만들었다.

수라마군은 잘 짜인 그물을 한 번에 찢어 버릴 수 있는 존재였으니까.

'이걸 우리에게 유리하게 써먹을 수는 없을까?'

사실 상관중달은 이 부분을 고민하고 있었던 것이다.

"일단 자네는 안휘성으로 가 주게."

"가서 남궁세가를 도우라는 말씀이십니까?"

"그렇지. 남궁세가가 분명 강하긴 하지만 단신으로 황실의 힘을 막기엔 역부족이겠지. 하나 자네가 돕는다면 그래도 그럭저럭 버틸 만할걸세."

버틸 만하다?

유설빈은 고개를 끄덕였다.

확실히 황실이 어느 정도의 전력을 투입할지 모르는 이상 버티는 게 고작일 것이다.

그렇다면 한 가지 궁금한 점이 생긴다.

"저와 남궁세가가 언제까지 버티면 되는 겁니까?"

이것이 가장 중요했다.

유설빈의 질문을 받은 상관중달은 잠시 무언가를 고민하다가 입을 열었다.

"은거하신 자네 사형인 태극검황과 본 정도맹의 현재 맹주님이신 신승 공야 대사가 도착할 때까지만 버티면 되네."

유설빈은 잠시 눈을 깜빡거렸다.

신승 공야 대사야 그렇다 치더라도 태극검황이라니?

그의 사형은 분명 무공의 완성을 위해 은거한다고 공언하지 않았던가?

잠시 그 말뜻을 되새기던 유설빈은 깜짝 놀란 얼굴로 물었다.

"사형이 은거를 푸셨습니까?"

상관중달은 의미심장하게 웃으며 고개를 끄덕였다.

이것은 아직 외부에 알려지지 않은 최고의 극비사항이었다.

삼황의 하나.

태극검황이 드디어 오 년간의 은거를 깨고 세상에 나온 것이다.

"깨달음이 있으셨다더군. 본인이 직접 기대해도 좋다고 하셨네."

유설빈의 눈가에 빛이 번뜩였다.

"드디어 극의를 얻으신 모양입니다."

"그러셨겠지. 검황께서 자신감이 없었다면 애초에 나오지 않으셨을 테니까."

상관중달의 설명을 들은 유설빈이 나직하게 입을 열었다.

"그럼 전 먼저 안휘성으로 가서 기다리겠습니다. 최후의 싸움을 위해……."

"최후의 싸움이라…… 정말 그렇게 될 수도 있겠군. 신승 공야 대사님과 검황 백무량 님께서 함께 간다면 정말로 그렇게 될 수도 있겠어."

상관중달은 미소 지었다.

정말 계획대로 된다면 이번 싸움으로 확실하게 황실의 기세를 꺾을 수 있었다.

그렇게만 된다면 정도맹이 다시 과거의 전성기 때로 돌아갈 수도 있는 것이다.

유설빈을 배웅하며 상관중달은 자신도 모르게 심장이 떨려 오는 것을 애써 억눌러야 했다.

*　　*　　*

창천검군 남궁윤호는 혼자만의 숙소에 앉아 눈을 감고 조용히 침묵에 잠겨 있었다.

어떠한 소음도 허용되지 않는 그 고요한 마음에 그는 한 자루의 검을 세워 보았다.

고색창연한 검.

그것은 마음속에서 두 개가 되었다가 세 개로 늘어나며 자꾸 그 숫자를 불려 나갔다.

마침내 사방이 검 그림자로 가득 차서 엄청난 검의 폭풍이 몰아쳤지만 남궁윤호는 얼굴을 찡그렸다.

'이런 것이 아니다.'

방금 보인 것은 창천무애검법의 궁극이었다.

하나 이것은 오래전에 이루었다.

그때 이미 끝에 도달했다고 느꼈는데 사실은 그게 다가 아니었다.

그 위에 무언가가 더 있었던 것이다.

지금까지 얻어온 것보다 더욱 크고 거대한 무언가.

그것을 얻기 위해 끊임없이 연마하고 있었는데 가문에 일이 생겨 버렸다.

어쩔 수 없이 세상에 나오긴 했지만 지금 남궁윤호의 머릿속은 온통 검에 대한 생각뿐이었다.

'궁극을 뛰어넘어야 한다.'

궁극의 저 너머에 무엇이 있을지는 아직 정확하게 모르겠지만, 그것을 얻게 되면 아마도 삼황이 이루어 놓은 경지에 다다를 수 있을 것이다.

손끝이 간질거려 왔다.

깨달음이라는 녀석이 잡힐 듯 코앞까지 다가왔음이 느껴졌다.

'조급해하지 말자.'

여기서 조급한 마음을 먹으면 일을 그르칠 수 있었다. 남궁윤호는 가만히 눈을 감고 차분하게 다른 생각을 하기 시작했다.

은거를 풀고 나서 세상에 나온 후, 갑자기 접하게 된 엄청난 양의 정보. 그것들을 조용히 정리해 가기 시작한 것이다.

그 많은 정보의 대부분은 사람들에 관한 것이었다.

그 외의 무림 정세나 가문의 위기는 사실 남궁윤호의 마음을 흔들어 놓지 못했다.

'가족…….'

그가 오랜 기간 은거를 하고 있는 동안 식솔들이 많아졌다.

가문의 핏줄이 늘어나는 것은 좋은 일이었다.

게다가 식솔들 중에 재능 있는 아이들도 제법 있었다.

기뻤다.

가만히 아이들의 얼굴을 하나하나 떠올려 보던 남궁윤호는 불현듯 고개를 갸웃거렸다.

'남궁옥빈……?'

그 아이의 얼굴을 떠올릴 때 이상하게 무언가가 마음에 걸렸다.

'뭘까?'

남궁윤호는 가만히 기억을 더듬어 보았다.

남궁옥빈.

이 아이의 재능은 핏줄 중에서도 가장 특출했다.

이대로만 잘 자란다면 어쩌면 그 아이는 가까운 미래에 벽을 뛰어넘을지도 몰랐다.

유난히 그 아이 주변만 빛이 반짝였던 것이다.

한데 단지 그것뿐일까?

'뭐였지?'

분명 그 아이에게서 무언가를 놓치고 있었다.

그게 뭘까? 남궁윤호는 의식을 집중했다.

그가 놓친 무언가가 남궁옥빈 '주변에' 있었다.

대단히 중요하면서도 반드시 잡아내야만 하는 무언가.

'무엇이냐?'

남궁옥빈 주변에 강하게 의식을 집중하던 남궁윤호는 눈을 부릅떴다. 그의 기억 속, 남궁옥빈의 바로 옆에 어떤 청년이 서 있었기 때문이다. 청년은 '의식' 하지 않았을 때는 보이지 않았다가 강하게 '의식' 하자 비로소 보였다.

남궁윤호는 자리에서 벌떡 일어섰다. 그리고 바람처럼 달려 나갔다.

第七章

# 창천무애검법

초류향은 여전히 남궁옥빈 곁을 따라다니고 있었다.

남궁옥빈은 정말 쉴 새 없이 움직이며 세가의 방비를 확인하고 다녔다.

단 한 곳이라도 소홀함이 없는지 꾸준하게 확인하는 것이다.

그런 남궁옥빈을 지켜보며 초류향은 차분하게 생각을 정리했다.

'은밀하게 남궁세가를 돕는다.'

초류향은 그렇게 결정을 내렸다.

남궁세가를 돕는 이유는 간단했다.

황실의 시선을 이쪽에 묶어 두기로 한 흑월회와의 거래 때문이다.

하나 현재의 초류향으로서는 스스로의 정체를 외부에 드러내는 것이 매우 부담스러웠기에 그를 대신해서 황실과 전면에서 싸워 줄 존재가 필요했다.

'그런 면에서 보자면 남궁세가는 더할 나위 없이 적격이다.'

초류향은 마음을 굳히고 나서 새삼스럽게 남궁세가의 저력을 떠올려보았다.

단일 세력으로는 정말 상상도 하기 힘든 무력을 지니고 있는 곳이 남궁세가였다.

무력도 무력이었지만, 기본적으로 혈연을 바탕으로 이루어진 집단이기에 남궁세가의 단결력은 상상을 초월했다.

그러니 초류향이 보았을 때 남궁세가는 여러모로 최적의 방패인 셈이다.

'황실로서도 안휘성을 장악하지 못한다면 다음의 행보가 무척 어려워지겠지.'

때문에 그들도 이번에 전력을 다 투입할 게 분명했다.

그렇게 생각을 정리하고 있던 초류향은 자신도 모르게 고개를 옆으로 돌렸다.

'누구지?'

누군가가 엄청난 속도로 접근하고 있었다.

눈을 가늘게 뜨고 좌측을 뚫어져라 바라보던 초류향은 고개를 끄덕였다.

'남궁윤호.'

창천검군이 빠른 속도로 다가오고 있었다.

엄청난 기세.

그가 기세를 최대한으로 끌어 올리자 검 끝처럼 벼려진 그의 몸 주변에 거친 검풍이 휘몰아쳤다.

초류향은 그런 창천검군을 냉정한 눈으로 바라보며 평가했다.

'최소한 도군 정도의 고수.'

도군 임제학과 맞먹는 기세였다.

하나 점점 거리를 좁혀 오는 창천검군을 응시하던 초류향은 이윽고 자신의 판단을 조금 수정했다.

'어쩌면 도군보다 조금 윗줄일지도 모르겠군.'

삼황의 바로 아랫줄.

저 정도면 오제와 맞먹는 실력이 아닌가?

힘을 억누르고 있을 때는 그 모습이 제대로 보이지 않았지만 기운을 끌어 올리니 명확히 보였다.

그때, 남궁옥빈에게 다가온 창천검군이 우뚝 멈춰 서서 주변을 두리번거렸다.

그 시선에서 초류향은 무언가 불길함을 느꼈다.

'설마?'

초류향은 자신의 직감을 믿었다.

그랬기에 최대한 기척을 억누르고 재빨리 뒤로 물러섰다.

거리를 벌리는 것이다.

창천검군은 천천히 주변을 둘러보다가 얼굴을 찡그렸다.

'없다?'

이상한 일이었다.

분명 있을 텐데?

남궁윤호는 자신에게 다가와 안부 인사를 하는 남궁옥빈을 보며 입을 열었다.

"별일 없었느냐?"

"예, 할아버님."

"흠……."

남궁옥빈은 고개를 갸웃거렸다.

창천검군이자 그의 할아버지인 남궁윤호가 어째서 이렇게 사나운 얼굴로 이곳까지 달려왔는지 알 수가 없었기 때문이다.

그때 창천검군의 뒤쪽으로 남궁세가의 수뇌부들이 몰려왔다.

"무슨 일이십니까, 아버지."

"……별일 아니다."

남궁윤호가 기세를 끌어올리고 어딘가로 뛰어나가자 모두가 영문도 모르고 뒤쫓아 온 상황이었다.

위급 상황이라도 발생한 줄 알고 다들 당혹스러운 얼굴로 기다리고 있을 때.

남궁윤호는 얼굴을 찌푸리다가 기세를 서서히 죽였다.

'놈은 분명 이곳에 있다.'

보이지는 않았지만 남궁윤호는 확신했다.

놈은 아직 이곳에 있다.

그리고 숨죽이고 돌아가는 상황을 지켜보고 있을 것이다.

'잡아낸다.'

남궁윤호는 천천히 눈을 감고 주변의 감각을 일시적으로 차단했다.

초류향은 갑자기 남궁윤호가 장악하고 있던 영역이 확 쪼그라들자 얼굴을 찌푸렸다.

'무슨…….'

대체 무슨 꿍꿍이일까?

초류향이 고민하고 있을 때, 남궁윤호는 마음속에서 한 자루의 검을 불쑥 빼 들었다.

그리고 그것을 주변으로 빠르게 휘두르며 먹잇감을 찾기 시작했다.

초류향은 대경실색했다.

'영역의 밀도를 좁혔다?'

넓은 범위를 한 번에 탐색하는 것은 아무래도 효율이 떨어지는 법이다.

그래서 아예 밀도를 좁힌 후에 그것을 휘둘러 주변을 꼼꼼하게 탐색하는 게 아닌가?

'이런 식으로도 사용이 가능했구나.'

이렇게 영역을 다루는 방법이 있을 줄은 생각도 하지 못했다.

초류향이 조심스럽게 뒤로 물러서며 거리를 벌리려 할 때.

갑자기 창천검군의 좁아진 영역이 빠르게 움직이기 시작했다.

돌아가는 꼴을 보니 분명 창천검군은 자신의 존재를 눈치챈 모양이었다.

'대체 어떻게?'

초류향의 은신술은 완벽했다.

시엽에게서 본 것을 응용해서 자신의 몸에 맞게 다듬었기 때문이다.

어떻게 간파가 된 건지 의문이 들었지만 그것은 나중에 해결해도 될 문제였다.

우우웅―

갑자기 창천검군의 몸에서 뿜어져 나오던 기운이 초류향을 향해 똑바로 쏘아져 왔다.

'헛!'

이건 피할 순 없었다.

피하려고 큰 동작을 취하면 걸려드는 건 마찬가지였으니까.

초류향이 다급하게 손을 뻗어 자신에게 뿜어져 오는 기운을 움켜쥐었다.

그 순간 창천검군이 눈을 번쩍 뜨며 검집을 세차게 때렸다.

촤앙―!

창천검군의 검집에서 뽑혀 나온 검이 벼락같은 기세로 초류향을 향해 쏘아져 가기 시작했다.

그것을 지켜보던 남궁옥빈의 입에서 감탄사가 터져 나왔다.

"뢰격세!"

남궁세가가 자랑하는 절대검법.

창천무애검법 중 가장 강력한 비검술(飛劍術, 검을 뽑아서 날리는 검술)이 바로 뢰격세다.

전설상의 이기어검술과 비슷한 수준의 검술인 것이다.

콰아아앙—!

엄청난 폭음과 함께 빈 허공이 깨어지며 누군가의 모습이 겉으로 드러났다.

한 손으로 얼굴을 가린 청년.

그는 놀랍게도 지척에서 창천검군의 검을 막아 낸 것이다.

창천검군은 튕겨 나온 검을 재빠르게 회수하며 입을 열었다.

"네놈은 누구냐?"

"……."

촤촤촤창—!

남궁세가의 무인들 모두가 일제히 검을 뽑아 들고 청년을 포위했다.

갑작스럽게 등장한 적에 당황했지만 모두가 신속하게 대응한 것이다.

"……."

초류향은 대답하지 않고 난감한 얼굴을 해 보였다.

일이 이런 식으로 진행될 것이라고는 생각해 보지 않았다.

도와주려다가 도리어 봉변을 당하게 될 판이었다.

'누구지?'

남궁옥빈은 상대방을 보며 얼굴을 찌푸렸다.

언뜻 보기에도 대단히 젊어 보이는 사내였다.

어떤 은신술을 썼는지 모르겠지만 겹겹이 펼쳐진 포위망을 뚫고 이곳까지 온 것을 보면 보통내기가 아니었다.

모두가 잔뜩 긴장한 얼굴을 하고 있을 때.

초류향은 잠시 고민하다 얼굴을 가리고 있던 팔의 소매를 거칠게 뜯어냈다.

부우욱―

그 후 그것으로 조심스럽게 얼굴을 가린 후 손을 내리고 주위를 둘러보았다.

남궁세가의 무인들이 긴장감 가득한 얼굴로 그를 포위한 채 기회를 엿보고 있었다.

그들 가운데는 남궁옥빈도 있었다.

그의 모습을 확인한 초류향은 마음을 굳혔다.

'피해야겠군.'

괜한 다툼은 피해야 한다.

남궁세가를 도우러 온 것이지 상하게 하려고 온 것이 아니었으니까.

초류향이 그렇게 마음먹고 슬쩍 옆으로 한 걸음 움직이자 주변을 포위하고 있던 남궁세가의 무인들이 똑같이 옆으로 한 걸음 움직여 포위망을 유지했다.

다시 옆으로 한 걸음 움직이자 그들 역시 똑같이 딱 한 걸음만큼만 움직였다.

그 꼼꼼한 움직임에 초류향은 입가에 가느다란 미소를 그렸다.

'진법인가?'

초류향은 몰랐지만 지금 남궁세가의 무인들은 가문 대대로 내려오는 진법인 제왕검진을 펼쳐 놓고 있었다.

쉽게 빠져나갈 수도, 부술 수도 없는 강력한 병영진법.

'하지만…….'

초류향 앞에서 진법을 펼친 것은 실수였다.

주변을 꼼꼼하게 둘러보던 초류향은 가볍게 몸을 흔들거리기 시작했다.

그러다가 불쑥 미끄러지듯이 좌측으로 몸을 날렸다.

"헛!"

남궁세가의 고수 중 하나가 빠르게 접근한 초류향을 향해 다급하게 검을 휘둘렀다.

초류향은 그것을 손바닥으로 비껴 흘리며 가볍게 그를 뛰어넘으려 했다.

하나…….

콰콰콰콰—!

초류향은 좌측에서 뻗어 나오는 어마어마한 기세를 느끼고 눈을 동그랗게 떴다.

창천검군이 기회를 엿보다 일격을 날린 것이다.

'검해(劍海, 검의 바다).'

창천무애검법이 궁극에 달하면 한 자루의 검으로 수십, 수백 개의 검을 만들어 낼 수 있다.

그것은 검의 바다가 되어 적을 완벽하게 격살한다.

그것이 바로 창천무애검법의 궁극.

‘창천무애검법은 변검(變劍)의 극치.’

일단 한 번 펼쳐지면 그 누구도 막을 수 없다고 알려진 남궁세가 제왕검의 최고봉이었다.

초류향은 얼굴을 찡그렸다.

저걸 그대로 맞았다간 뼈도 못 추릴 것만 같았다.

그랬기에 초류향은 회피를 포기하고 신중한 얼굴로 오른손을 뻗었다.

그 모습을 보며 남궁세가의 무인들은 눈을 빛냈다.

‘미쳤군.’

검해는 강기를 바탕으로 펼쳐지는 무공이다.

같은 강기가 아니면 막을 수조차 없는 것이다.

앞을 가로막는 모든 것은 통째로 난자당할 뿐이다.

다들 그렇게 예상하고 있을 때, 느릿하게 뻗어 나간 초류향의 손에서 우윳빛처럼 맑은 기운이 흘러나왔다.

“수강!”

손에 강기를 덧씌우는 것.

놀랍게도 저 젊은 청년은 화경의 고수였다.

남궁세가 무인들이 깜짝 놀란 얼굴로 지켜보는 사이, 검의 바다 속을 파고든 청년의 손이 파도를 헤집는 잉어처럼 사방으로 움직였다.

그 화려한 움직임에 모두가 경악할 때.

갑자기 청년의 손이 검해의 한복판으로 깊숙하게 파고들었다.

푸슛—!

핏줄기가 뿜어져 나오며 청년의 손이 피로 물들었다.

하나 청년은 멈추지 않았다.

오히려 이를 악물고 더욱 깊숙이 손을 밀어 넣었던 것이다.

창천검군의 얼굴이 기묘하게 일그러졌다.

그 순간 청년이 무언가를 강하게 움켜쥐었다.

촤아악—!

피가 튀고 청년은 움직임을 멈췄다.

동시에 거칠게 밀려들어오던 파도도 멈춰 섰다.

주변에 있던 남궁세가 무인들의 눈에 경악이 떠올랐다.

"……저, 저저!"

남궁세가의 가주.

남궁세옥이 탄성을 내지르며 놀란 마음을 숨기지 못했다.

청년의 손은 비록 피투성이가 되었지만 창천검군의 검날을 쥐고 있었고, 그 검날은 마치 거인의 손에 잡힌 것처럼 옴짝달싹하지도 못했다.

청년과 마주한 창천검군의 얼굴은 창백하게 질려 있었다.

"……네놈은 누구냐?"

침중한 음성.

아무리 힘을 주어 봐도 그의 검을 쥐고 있는 청년의 손은 요지부동, 도저히 뿌리칠 수가 없었다.

실로 엄청난 힘.

"……."

초류향은 대답하지 않고 주변을 슬쩍 돌아보았다.

남궁세가의 무인들은 처음에는 놀랐지만 이윽고 차분하게 움직여서 포위망을 더욱 견고하게 만들었다.

상대가 화경의 고수임이 명백히 드러났음에도 남궁세가의 무인들은 물러설 생각이 조금도 없어 보였다.

모두 목숨을 걸고 일전을 벌일 생각인 것이다.

'곤란하게 되었다.'

이들과 싸워선 안 된다.

황실과 싸워야 할 이 시점에서 치명적인 전력 손실은 양쪽 모두에게 좋지 않았기 때문이다.

'방법을 생각해라.'

만약 창천검군이 남궁세가의 고수들과 함께 움직인다면 지금 이 자리에서 이들 모두를 죽이지 않는 이상 포위망을 벗어나기는 어려웠다.

그리고 이들은 설혹 자신들이 모두 죽더라도 물러서지 않을 게 분명했다.

이 점이 바로 초류향을 힘들게 만들었다.

'죽일 순 없다. 그렇다고 포위망을 돌파할 수도 없다.'

그렇다면 어떻게 해야 할까?

잠시 고민에 고민을 거듭하던 초류향의 귓가에 누군가의 비웃음이 들려왔다.

[잠깐 자리를 비웠더니 별 재미있는 짓거리를 다 하고 다니는구나,

애송이.]

막수였다.

초류향은 눈을 깜빡이며 저 멀리 떨어진 지붕 위에 있는 하얀 토끼를 바라보았다.

토끼는 아래를 바라보며 재미있다는 얼굴을 해 보였다.

[어떻게 거기에서 빠져나올 생각이냐? 모두 죽일 테냐?]

초류향이 만약 마음만 먹는다면 이곳에 있는 모두를 죽일 수 있을 것이다.

그는 이미 그 정도의 실력이었으니까.

하나 초류향은 미미하게 고개를 저었다.

그건 정말 최악의 경우였다.

'스스로 물러나게 해야 한다.'

그러려면 어떻게 해야 할까?

잠시 고민하던 초류향은 도박하는 심정으로 피투성이가 된 손을 천천히 들어 올렸다.

모두가 그 행동에 바짝 긴장하고 있을 때.

스으으으—

초류향은 갑자기 허공에 둥근 원을 그리기 시작했다.

손으로 느릿하게 원을 그리던 초류향은 잠시 멈칫하더니, 원이 있던 부분을 비스듬히 사선으로 내려 그었다.

*　　*　　*

'저게 뭐지?'

저 동작에 무슨 의미가 있는 걸까?

남궁옥빈이 고개를 갸웃거리고 있을 때.

초류향의 손동작을 바라보고 있던 창천검군의 얼굴은 시시각각 변하더니 점점 새하얗게 질렸다.

"……네놈 어떻게 그걸……."

창천검군의 입에서 신음과도 같은 소리가 흘러나왔다.

방금 초류향이 보여 준 움직임은 창천무애검법의 파훼법이었던 것이다.

더 큰 문제는 상대방은 단 한 번 봤을 뿐인 창천무애검법을 완벽하게 재현해 내기까지 했다는 데에 있었다.

'저런 일이 가능한가?'

창천검군은 스스로에게 되묻고 고개를 저었다.

한 번 본 무공을 똑같이 펼친다?

말이 쉽지 그의 상식상 저것은 절대 불가능한 일이었다.

한데 상대방은 그 불가능한 것을 해냈다.

놈의 재능이 어디까지 닿았는지 도무지 짐작이 가지 않았다.

'요행이 아니었다, 이 말인가?'

검해를 돌파한 것이 단순히 운이 아니었던 모양이다.

몸을 부르르 떨며 잠시 고통스럽게 얼굴을 일그러뜨린 창천검군은 무언가를 고민하다가 조용히 입을 열었다.

"……모두 물러서라. 녀석을 그냥 보내 주거라."

"아버지!"

창천검군은 다급히 자신을 부르는 남궁세옥을 보며 고개를 저었다.

"모두 개죽음을 당할 필요는 없겠지."

남궁세옥은 입술을 깨물며 말했다.

"……그럴 순 없습니다. 본 가는 겁쟁이가 아닙니다, 아버지."

명문세가에는 명문세가만의 자존심이 있는 법이다.

적이 강하다고 물러서고, 힘들다고 피한다면 그게 어디를 봐서 명문이라는 말인가?

적이 아무리 강하고 무섭더라도 목숨을 걸고 맞서 싸워야 한다.

그게 바로 명문의 고고한 자존심이다.

"이유는 모르겠지만 저놈은 우리와 싸울 마음이 없다. 그런 적을 진심으로 상대하는 것도 실로 부끄러운 일이겠지."

"……."

그랬다.

싸움을 피하려는 상대에게 진심으로 달려드는 것도 우스운 노릇 아닌가?

남궁세가 무인들의 얼굴이 복잡해질 때.

초류향은 주변을 둘러보다가 가볍게 몸을 띄웠다.

그리고 포위망을 풀쩍 뛰어넘어 재빠르게 멀어졌다.

그 모습을 지켜보던 창천검군이 결국 입에서 울컥하고 피를 토해냈다.

그동안 억지로 내상을 억누르고 있었던 것이다.

"아버지! 괜찮으십니까?"

창천검군은 걱정스러운 얼굴로 가까이 다가오는 남궁세옥을 손을 들어 막으며 말했다.

"모두 오늘의 굴욕을 똑똑히 기억해라. 뼈에 새겨서 후대까지 알려야 한다."

비록 적이 눈앞에서 도망쳤다고는 하지만 그들 스스로도 알고 있었다.

이건 그들이 적의 힘을 두려워해서 피한 것이다.

인정할 수밖에 없었다.

"……알겠습니다."

남궁세옥이 낮은 어조로 말하며 이를 갈았다.

잊지 않을 것이다.

이 치욕을.

창천검군은 천천히 심호흡을 하며 구석에 있던 남궁옥빈에게 다가가 그의 어깨를 움켜쥐었다.

"주변을 정리하고 나를 찾아와라. 너에게 본 가의 검을 전수해 주마."

"……!"

남궁윤호가 가문의 검을 전수한다?

그것은 다음대의 세가 제일 고수를 정했다는 말이 아닌가?

모두의 눈가에 놀람이 떠올랐으나 창천검군은 거기에 신경도 쓰지 않고 남궁옥빈만을 바라보며 말했다.

"궁극을 뛰어넘는 궁극. 그것을 이루어야 한다. 반드시."

남궁옥빈 역시 고개를 끄덕이며 말했다.

"최선을 다하겠습니다, 할아버님."

"……시간이 없다."

황실과의 싸움이 시작되기 전에 전수를 끝내야만 한다.

창천검군은 초류향이 사라진 곳을 바라보며 들끓는 내상을 필사적으로 가라앉혔다.

*　　*　　*

초류향은 남궁세가의 영역에서 멀찍이 벗어난 다음 한숨을 돌렸다.

그리고 막수를 바라보며 입을 열었다.

"어딜 다녀온 거지?"

[네놈이 알 필요는 없다.]

"그런가."

초류향은 순순히 고개를 끄덕였다.

사실 따지고 보면 막수가 어디 가서 무얼 했든 자신에게는 그다지 중요하지 않았다.

그저 꾸준하게 자신 옆에 있는 게 신기할 따름이다.

'목적이 무엇일까?'

이놈의 목적은 본래의 몸으로 돌아가는 것일까?

단지 그것뿐일까?

그리고 그게 정말 불가능한 것일까?

아직까지는 알 수 없는 노릇이었다.

하지만 한 가지 확실한 것은 최근 자신을 바라보는 막수의 눈빛이 변해 있다는 사실이었다.

예전의 그 무시하고 비웃기만 하던 눈빛이 아니었다. 뭐라고 꼭 집어서 설명할 순 없었지만 미묘하게 바뀌어 있었다.

'흥미진진한 눈길이라고 해야 하나?'

초류향은 고개를 갸웃거리다가 곧 남궁세가의 포위 범위 바깥에 있는 거대한 절간 위에 올라가서 자리를 잡았다.

이제는 어쩔 수 없이 이곳에서 기다려야 하는 신세였다.

초류향은 차라리 황실이 좀 빨리 움직여 주기를 바랐다.

*　　*　　*

"사부, 괜찮아요? 어디 다치신 곳은 없어요?"

노진녕은 사부인 혈수광마 권광민 앞에 무릎을 꿇고 울먹거렸다.

드디어 사부를 만나게 해 준다는 약속이 지켜진 것이다.

그동안 사부를 인질로 자신과 줄다리기를 하던 사대 세가가 이번에는 약속을 지켰다.

초췌한 안색의 권광민은 자신의 제자를 물끄러미 바라보다가 갑자기 노진녕의 뺨을 세차게 후려쳤다.

쫘악—

"……?"

노진녕이 얼떨떨한 얼굴을 할 때.

권광민이 분노한 얼굴로 그의 멱살을 움켜잡으며 입을 열었다.

"이노옴! 네가 지금 무슨 짓을 했는지 아느냐?"

"사, 사부?"

"나는 네놈이 바보 같고 멍청하지만 적어도 충의(忠義, 충성심)는 있는 놈이라고 보았다. 한데 네가 지금 소교주님께 무슨 짓을 했는지 알고나 있는 게냐? 어?"

권광민은 활화산같이 분노했고, 그 앞에서 노진녕은 아무 말도 하지 못하고 고개를 떨궜다.

입이 열 개라도 할 말이 없었다.

하지만 한편으로는 억울했다.

서러웠던 것이다.

노진녕은 눈물이 글썽거리는 얼굴로 입을 열었다.

"하, 하지만 사부가 죽는다고요. 놈들이 사부의 목숨을 가지고 협박했어요. 아시잖아요? 저라고 소교주님을 싫어하겠어요?"

아버지와 같은 사부다.

그의 목숨줄을 쥐고 협박한다면 노진녕은 놈들의 요구를 들어줄 수밖에 없었다.

나쁜 놈이라고, 배신자라고 욕먹어도 할 수 없었다.

사부님의 목숨을 구할 수 있다면 그 어떤 악독한 짓이라도 할 수 있는 노진녕이었으니까.

배신자라고 욕먹는 것 정도는 사부의 목숨 앞에서 아무것도 아니었다.

노진녕을 마주하고 있던 권광민의 눈동자가 갑자기 탁하게 풀렸다. 동시에 그의 입가에서 가느다란 핏줄기가 흘러나왔다.

"어? 사부? 사부! 왜 그러세요? 어디 아파요?"

노진녕이 깜짝 놀라 품에서 약을 찾기 위해 허둥거렸지만 권광민은 오히려 그런 노진녕의 멱살을 더욱 강하게 움켜쥐며 말했다.

"……나는 살날이 얼마 남지 않았다, 이놈아. 네가 이 늙은 몸뚱이를 걱정해 주는 건 고맙다만 그건 나를 위하는 게 아니다. 왜 그걸 모르느냐……."

"사부……."

노진녕은 콧물을 훌쩍거리며 사부의 손을 꼭 잡았다.

그리고 순간 움찔했다.

과거 두 주먹만으로 강호에서 혈수광마라 불렸던 사부 권광민의 손은 어느새 작고 약해져 있었다.

노진녕의 눈동자가 급격하게 흔들릴 때 권광민이 입을 열었다.

"이토록 멍청한 너를 보살피고 돌봐 줄 사람은 소교주님밖에 없단 말이다! 이 어리석은 놈아."

권광민은 버럭 소리치더니 바닥에 털썩 주저앉아 거칠게 호흡을 골랐다.

맨 처음 사대 세가 놈들에게 사로잡혔을 때.

그놈들의 더러운 속셈을 단번에 알아차린 권광민이었다.

정신이 아득해졌다.

놈들은 분명 자신의 목숨을 이용해서 제자를 마음껏 휘두르려고 할 것이다.

굴욕적이고 수치스러웠지만 자결하지 않고 끝까지 버틴 것은, 자신이 죽는다면 아둔한 제자 놈은 정말 끝까지 그놈들에게 이용만 당하다가 버려질 게 뻔했기 때문이다.

그래서 악착같이 버티며 때를 기다렸다.

사실 당시 권광민의 수명은 이미 얼마 남지 않은 상태였다.

하지만 그는 절대로 죽을 수 없었다.

점차 멀어지는 목숨줄을 억지로 부여잡고 버텼던 것이다.

그래야만 이 멍청한 제자에게 마지막으로, 정말 마지막으로 모든 것을 되돌릴 결단을 내리도록 만들 수 있었으니까.

"잘 들어라, 이놈아. 정말 마지막이니까."

노진녕은 초조한 얼굴로 권광민의 손을 잡으며 말했다.

"사부, 다 알겠으니까 우리 일단 선우조덕 영감님에게 가요. 그 영감님이 의술 하나는 정말 기똥차니까 아파도 금세 고쳐 줄 거예요."

권광민은 입과 코에서 흐르는 피를 닦지도 않은 채 툴툴 웃으며 입을 열었다.

"이놈아, 내가 무슨 염치로 마의를 찾아간단 말이냐. 됐다. 여기 앉아라."

"사부가 왜요? 안 고쳐 준다면 제가 다 박살 내서라도 고쳐 주게 만들게요."

권광민은 무겁게 고개를 저었다.

그리고 노진녕에게 자신의 앞에 앉으라고 손짓했다.

"사부! 이럴 시간이 없다니까요? 지금이라도 빨리……."

"앉아라."

"……."

노진녕은 사부의 단호한 태도에 자신의 머리를 쥐어뜯으며 결국 그의 앞에 털썩 앉았다.

"우리 빨리 가야 하니까 짧게 해요, 사부."

권광민은 피식 웃었다.

이놈은 정말 멍청하고 바보였지만 그랬기에 그만큼 순수했다.

진정으로 그를 걱정하고 있었던 것이다.

하지만 그것도 여기까지다.

"진녕아."

"……예, 사부."

"너는 이제부터 소교주님을 구해야 한다."

"……."

노진녕은 입을 다물었다.

바보 멍청이었지만 노진녕도 자신이 여태까지 무슨 짓을 하고 있는지 정도는 정확하게 알고 있었다.

괴로웠고 답답했지만 정말 어쩔 수가 없었다.

소교주님께 미안하고 죄송스러워도 다른 방법이 없었던 것이다.

"네가 이제부터 해야 할 일은 이 늙은 몸뚱이를 살리기 위해 헛짓거리를 하고 다니는 게 아니다."

권광민은 전신에서 기운이 썰물처럼 빠져나가는 것을 알았지만 애써 무시하며 자리에서 일어나 노진녕의 양어깨에 손을 올려놓았다.

모든 것을 원점으로 돌려야 했다.

너무 늦었지만 지금이라면 그래도 희망이 있었다.

"나와 약속해라."

"사부……."

"소교주님을 구하겠다고. 네가 할 수 있는 모든 것을 다해 소교주님을 구하겠다고. 그리고 차후에 그분의 처분에 따라 죗값을 치르겠다고 약속해라."

"알겠어요. 약속할게요. 약속할 테니까, 사부. 일단 우리 마의 영감님을 만나러 가요. 예? 나머지는 제가 다 알아서 할게요."

권광민은 고개를 저었다.

그리고 희미하게 웃으며 노진녕의 뺨에 주먹을 살짝 가져다 대고 말했다.

"이미 너무 늦었다, 이놈아."

급격하게 꺼져 가는 권광민의 눈빛.

동시에 노진녕의 동공이 크게 흔들렸다.

힘없이 옆으로 쓰러지는 권광민의 몸을 가볍게 받아 내며 노진녕이 입술 끝을 푸들거렸다.

그리고 벌벌 떨리는 손끝을 권광민의 코 앞에 대 보고 노진녕은 모든 동작을 멈췄다.

"……이거 거짓말이죠, 사부?"

"……."

"하하, 나 멍청하다고 장난치는 거죠, 지금? 이건 또 무슨 무공이에요, 사부? 저 또 속을 뻔했잖아요. 예? 대답 좀 해 봐요."

노진녕은 한동안 권광민의 몸을 흔들어 보았지만 그는 더 이상 아무런 대답을 듣지 못했다.

항상 잔소리에 욕만 하던 사부 권광민의 걸걸한 목소리를 다시는 들을 수가 없게 된 것이다.

그 사실을 받아들이자 노진녕은 모든 움직임을 멈췄다.

주변은 고요했고, 그와 권광민이 머물고 있던 작은 초가집은 그림처럼 모든 시간이 정지해 버렸다.

쏴아아아—!

바람이 주변 대나무 숲을 스쳐 가는 소리가 들렸다.

석상처럼 굳어 있던 노진녕이 움직인 것은 날이 어둑어둑해질 무렵이었다.

그는 품 안에 보물처럼 안고 있던 권광민의 눈을 그제야 감겨 주며 느릿하게 움직였다.

스승님의 유해를 침상에 조심스럽게 눕혀 놓고 노진녕은 바깥으로 나왔다.

그리고 자신과 권광민이 함께했던 작은 초가집을 물끄러미 보다가 손끝에 기운을 모았다.

화르륵—

작은 불꽃이 일어나자 노진녕은 그것을 초가집에 옮겨 붙였다.

타닥— 타닥—

나무와 주변에 널려 있던 재료로 대충 얼기설기 만든 둘만의 초가집은 순식간에 화염에 휩싸였다.

그 광경을 물끄러미 바라보는 노진녕의 장난기 많은 얼굴에서는 이미 웃음이 사라져 있었다.

"사부, 나 가요."

초가집은 사방으로 불똥을 튀기며 맹렬하게 타들어 갔고, 그 광경을 바라보며 노진녕은 다시 말했다.

"약속할게요, 사부. 소교주님은 반드시 제가 목숨을 걸어서라도 구할 거예요. 그러니까 너무 걱정 마요."

화염에 휩싸인 초가집에서 뿜어져 나오는 열기에 약간 얼굴이 상기된 채 노진녕은 몸을 돌렸다.

"사부, 나 이제 정말 가요. 잘 있어요."

노진녕은 그 말을 끝으로 몸을 날렸다.

빠르게 달려가는 그는 보기 불쌍할 정도로 울상을 짓고 있었다.

결국 그는 얼마 가지 않아서 끅끅거리며 눈물 콧물을 울컥 쏟아 냈다.

심장이 타들어 갈 만큼 아팠다.

참으려고 노력했지만 도저히 참아지지 않았던 것이다.

그래서 그는 참지 않았다.

"으허허헝!"

노진녕은 펑펑 울면서 필사적으로 내달렸다.

지금 달리지 않으면 심장이 멎기라도 할 것처럼 노진녕은 정말 최선을 다해서 달렸다.

'나는 바보야.'

자신은 멍청해서 앞으로 무엇을 어떻게 해야 할지 도저히 감이 오지 않았다.

그랬기에 계획을 짜고 적극적으로 도와줄 사람이 필요했다.

'영감님들 많이 화나셨겠지?'

아마 지금 우 호법과 주 호법을 찾아가면 욕을 먹고 매질을 당하거나 두들겨 맞겠지만 별수 없었다.

그들에게 매달려 소교주님을 구할 방도를 찾아야 했다.

"크흑, 크허헝!"

노진녕은 그렇게 눈물 콧물을 흘리며 대성통곡을 멈추지 않은 채 달렸다.

최대한 빨리 우 호법과 주 호법을 만나기 위해 펑펑 울면서도 다리에 힘을 주었던 것이다.

# 第八章

# 반격의 계획

"네놈은 참으로 염치도 없는 놈이구나."

"……미안해요, 영감님."

"어떤 게 더 큰일인지 파악을 못 하겠느냐? 네놈에게는 소교주님의 목숨보다 네 사부의 목숨이 더 소중하더냐? 응?"

노진녕은 우 호법의 말에 순순히 고개를 끄덕였다.

"예."

"이, 이놈이! 아직도 정신을 못 차렸구나!"

"참아, 원래 이런 놈이야."

노진녕은 우 호법이 게거품을 물며 화를 내자 그제야 아차 싶은 얼굴로 머리를 긁적이며 주 호법에게 말했다.

"그래도 거짓말은 못 하겠어요, 주 영감님. 정말로 저한테는 제 사부님의 목숨이 그 무엇보다 소중했어요."

주 호법은 담담하게 고개를 끄덕였다.

그리고 나직하게 말했다.

"이해한다. 슬프겠구나."

"……."

노진녕의 얼굴이 흐려졌다.

아직도 사부의 죽음을 믿을 수가 없는 노진녕이었다.

주 호법은 그런 노진녕을 이해했다.

노진녕은 천마신교의 그 누구와도 친분이 없었다.

그에게는 오로지 사부밖에 없었던 것이다.

그런 사부였으니 노진녕으로서도 자신이 이용당하는 걸 알면서도 어찌할 도리가 없었을 것이다.

'미리 알았더라면 좋았을 것을…….'

그렇다면 어떻게든 혈수광마의 소재를 파악해서 그를 구출했을 텐데…….

이런 후회는 아무리 해도 늦는 법이다.

주 호법이 속으로 한숨을 내쉴 때.

우 호법은 길길이 날뛰며 입을 열었다.

"미친 주가야! 네놈은 이걸 어떻게 이해한다는 말이냐?"

"이놈아, 그럼 이해해야지 어쩌겠느냐? 이미 지나간 일인 걸."

"그래도 이놈아! 소교주님이 이놈 때문에 지금 크나큰 곤경에 빠진 걸 모르느냐? 생사를 장담할 수가 없단 말이다!"

"알아. 그러니까 이제라도 해결하려고 이놈도 반성하고 온 거 아니냐? 그러니까 그만해라. 처분은 나중에 소교주님이 하실 거다. 네가 할 일이 아니야."

"그, 그건 그렇지만."

주 호법은 시무룩한 얼굴을 하고 있는 노진녕을 바라보며 입을 열었다.

"소교주님에 대한 척살령이 떨어지자마자 엄가 애송이 놈이랑 임가 놈이 본 교에서 축출을 당했다."

노진녕은 눈을 깜빡거렸다.

엄 씨랑 임 씨라니 누구를 말하는 걸까?

잠시 생각하던 노진녕이 눈을 동그랗게 뜨며 말했다.

"엄승도랑 임학겸이요?"

"그래. 그놈들이 본 교에서 쫓겨났지."

"그 형씨들이 왜요? 뭐 잘못했어요?"

"아니, 일부러 축출당한 거다. 내가 조금 도와줬지."

일부러 축출을 당한다니? 왜?

노진녕은 고개를 갸웃거렸다.

그의 머리로는 이해가 되지 않았기 때문이다.

주 호법은 그가 예전부터 멍청한 것을 알았기 때문에 전혀 당황하지 않고 친절하게 설명해 주었다.

"소교주님의 행방을 찾기 위해서다. 이제는 숨어서 찾을 시간이 없거든. 녀석들은 대놓고 소교주님을 찾아다닐 거다. 게다가 그쪽으로는 능력이 있는 놈들이니까 금방 찾겠지."

"소교주님은…… 아직도 백치예요?"

주 호법은 잠시 멈칫했다가 고개를 끄덕였다.

그들은 지금 초류향이 어떤 상태인지 알 수가 없었다. 다만 아직까지 아무런 소식이 없는 걸로 봐선 백치일 확률이 높았다.

그래서 위험한 것이다.

소교주님이 정신이 멀쩡했다면 그들도 이렇게까지 걱정하지 않는다.

잠시 무언가를 생각하던 주 호법은 노진녕을 똑바로 바라보며 입을 열었다.

"미안하다. 소교주님 가족들의 신변만 신경 쓰느라 네 사부는 따로 챙기지 못했다."

"……."

노진녕은 주 호법이 정말로 미안한 얼굴을 해 보이자 무어라 말을 하려다가 입을 다물었다.

그저 가슴에서 무언가가 울컥하며 치솟아 오르는 것을 억누르는 게 최선이었다.

"임학겸과 엄승도가 분명 소교주님을 찾을 게다. 그놈들은 그쪽 방면에서는 도가 텄으니까 작정한다면 금세 찾을 거다. 그러니 너는 그 놈들과 연락을 하면서 다른 사람을 찾아라."

"다른 사람이요?"

"그래."

"누구요?"

주 호법은 노진녕을 바라보며 진지하게 입을 열었다.

"운휘. 그 녀석을 찾아야 한다."

"운휘!"

"추격했던 놈들의 말을 들어 보니 치명상을 입히긴 했지만 그놈의 시체를 끝내 찾지 못했다고 들었다. 그럼 놈은 분명히 살아 있다. 내가 그놈을 지켜봐 왔기에 확신할 수 있다. 그놈은 겨우 이 정도 일로 죽지 않는다. 팔다리가 잘려 나가 병신이 되더라도 악착같이 살아남았을 놈이다."

"그렇죠. 그 녀석 생긴 거랑 다르게 지독한 놈이니까."

"그래, 그놈은 그런 놈이다."

주 호법은 운휘에게 약간 특별한 감정을 가지고 있었다.

운휘가 아주 어렸을 때부터 조련을 해 온 사람이 주 호법이었다.

교주 공손천기에게 운휘를 보일 때까지 주 호법은 그를 차기 소교주로 만들기 위해 정말 최선을 다했다.

그가 결국 소교주가 되지 못하고 밀려났다는 것을 알았을 때, 누구보다도 아쉬워했던 사람 역시 주 호법이었다.

'하지만…….'

초류향을 보고, 그 넘치는 재능을 누구보다도 진심으로 아낀 사람도 주 호법이었다.

운휘와 초류향.

그 둘 모두, 제자가 없는 주 호법에게는 진정으로 각별한 느낌이 있었다.

"네가 강호에 나가서 꼭 해야만 할 일이 있다."

"뭡니까, 영감님. 뭐든 시키는 대로 할게요."

"당연히 시키는 대로 해야지, 이놈아."

우 호법이 아직도 마음에 들지 않는다는 얼굴로 핀잔을 주자 노진녕은 매정한 영감탱이라고 속으로 우 호법을 욕했다.

"분골쇄신해라. 네놈이 한 짓은 소교주님이 용서한다 하더라도 내가 용서 못 해!"

"그만해라. 애 기죽이지 말고, 이놈이 온 덕택에 한결 계획이 쉬워지지 않았느냐?"

"그건 그렇지만……."

주 호법은 노진녕에게 눈짓으로 우 호법은 신경 쓰지 말라고 말한 다음 입을 열었다.

"강호에 나가서 한바탕 실컷 휘저어 줘라. 네 이름을 강호 전체에 알려야 한다."

"그러면 돼요?"

주 호법은 고개를 끄덕였다.

"그래. 그거면 된다. 그럼 녀석이 알아서 너를 찾아올 거다."

"……이건 근데 만약인데요, 영감님. 정말로 그놈이 죽었으면 어떻게 해요?"

노진녕의 질문에 주상산은 잠시 멈칫했다.

그리고 으스스한 눈빛으로 노진녕을 바라보며 진지하게 말했다.

"그럼 그놈은 귀신이 되어서라도 널 찾아올 거다."

"으억!"

"헛소리하지 말고 나가서 시키는 대로 해라. 운휘가 너를 찾아올 수 있게. 그러면 함께 합류해서 다시 본 교로 찾아오거라. 너희들과 함께 소교주님이 돌아오신다면 모든 결과를 다시 뒤엎을 수 있을 테니까."

주 호법과 우 호법이 그래도 제법 순순히 사대 세가의 조건을 받아들인 이유는 그들의 방심을 유도하기 위함이었다.

사대 세가는 이제부터 각자 교주의 자리를 차지하기 위해 치열하게 어둠 속에서 싸우기 시작할 것이다.

그럼 그들의 세력은 자연스럽게 약해질 것이고, 그 틈에 모든 상황을 역전시킬 수 있었다.

'괜히 늙은 생강이 무서운 게 아니지.'

주 호법은 흐릿하게 웃었다.

사대 세가는 그들을 너무 얕봤다.

그들도 강호에서 오랜 시간 굴러먹은 노강호가 아닌가?

호락호락하지 않은 사람들인 것이다.

주상산을 비롯하여 보수파의 전력들은 그렇게 은밀하게 반격의 계획을 진행시키고 있었다.

* * *

"찾았습니다."

"그래요? 생각보다 금방 찾았네요?"

냉하영은 수하가 건네는 보고서를 받아 읽으며 흡족한 얼굴을 해 보였다.

찾아내는 데 어느 정도는 시간이 걸릴 것이라 생각했는데 의외로 쉽게 찾아낸 것이다.

흑월회의 정보력이 예상보다 뛰어나다는 점에서 기분이 좋아졌다.

그런 그녀를 보던 수하가 머뭇거리며 입을 열었다.

"의외의 변수 때문에 찾기 쉬웠습니다."

"변수요?"

"예. 그들이 본 흑월회 소속 문파인 구룡문을 건드렸더군요."

냉하영은 멈칫했다.

그리고 어처구니없다는 얼굴로 입을 열었다.

"구룡문이요? 얼마 전에 멸문을 당했다던 거기?"

"예. 그 흉수가 바로 수라마군이 찾고 있던 그자였습니다. 범인을 조사하다가 우연하게 알게 된 사실입니다."

"당혹스럽군요."

냉하영은 눈썹을 모으며 곤란하다는 듯 혀를 찼다.

구룡문의 멸문은 생각보다 큰일이었다.

아무 문제도 없던 문파가 아닌가?

그것도 흑월회에 소속된 거대 문파 중 하나였는데 뜬금없이 하룻밤 사이에 잿더미가 되어 버렸다.

너무도 큰일이었기 때문에 흑월회에서도 보복을 위해 이를 갈면서 그 흉수를 찾고 있었다.

"이유가 뭐래요? 그가 구룡문을 친 이유가 있을 거잖아요? 그런 고수가, 조용히 숨죽이고 살아도 모자랄 고수가 아무런 이유 없이 그런 행동을 하진 않았을 기 아니에요?"

수하가 곤혹스러운 얼굴로 대답했다.

"그것이…… 조금 애매합니다."

"애매하다?"

"예. 먼저 시작은 구룡문이 했습니다. 지금 그 운휘라는 자가 몸을 숨기고 있던 흑룡문을 쳤더군요. 자기 영역에서 갑자기 세력을 넓히는 흑룡문이 못마땅했던 거지요. 이쪽 세계에서는 상당히 흔한 일입니다. 단지 그들의 실수는 그런 조그마한 곳에 그렇게 엄청난 고수가 있었는지 몰랐던 것뿐이지요."

냉하영은 고개를 끄덕였다.

여기까지만 설명을 들어도 나머지는 대략 짐작이 갔던 것이다.

"보복 차원에서 움직인 거군요."

"예. 보복 차원이긴 한데…… 너무 사안이 커져서…… 아시겠지만 이건 그냥 넘어갈 수 없는 문제입니다."

그랬다.

이 문제는 대충 덮고 넘어갈 수 없는 문제였다.

흉수를 알았는데도 그냥 넘어가게 된다면 흑월회가 우습게 보인다. 그렇게 되면 이 바닥에서 장사는 포기해야 한다.

‘난감하네.’

흑월회는 사파의 여러 문파들이 힘을 합친, 연합의 성격이 강했다.

사파의 거대 문파들은 오로지 스스로의 이득을 위해 움직이고, 흑월회는 그들에게 안전한 방패막이 역할을 해 주었다.

그랬기에 그들은 여태껏 아무런 불평불만 없이 흑월회의 지시대로 움직여 줬던 것이다.

한데 방패막이가 제 역할을 못 한다고 한다면?

그 사실이 알려지는 순간 모든 게 끝이다.

냉하영은 고민했다.

아무리 봐도 이건 그냥 넘어갈 사안이 아니었기 때문이다.

‘어떻게 해야 할까?’

제아무리 운휘가 화경의 고수라 하더라도 흑월회의 입장에서 보자면 처리하기 쉬운 존재였다.

손바닥 하나로 하늘을 가리긴 어려운 법이니까.

잠시 고민하던 냉하영은 입을 열었다.

“지금 수라마군은 어디 있죠?”

“안휘성에 있습니다. 남궁세가 측과 협력해서 황실을 묶어 둘 모양입니다.”

“그가 우리와 약속했던 시간을 벌어 줄 수 있을까요?”

수하는 무언가를 곰곰이 생각하다가 입을 열었다.

“예. 그가 정말 군사님께서 말씀하셨던 정도의 힘을 가지고 있다면 충분히 시간을 벌어 줄 겁니다.”

한 달.

약속했던 기간은 딱 한 달이었다.

한 달이면 냉하영이 계획했던 큰 그림에 대한 결과물이 어느 정도 나온다.

"황실에 대한 공작은 어떻게 되어가고 있나요?"

"그것도 조만간 결과가 나올 겁니다. 저희 쪽에서 밀어주고 있는 관리들의 입김이 생각보다 빨리 거세지고 있어서 아마 척계광은 실각당할 겁니다."

냉하영은 화색을 띠었다.

이건 좋은 소식이었다.

그 악마 같은 척계광만 떨어져 나가 준다면 더 이상 무서워할 존재는 없었다.

북해빙궁과 남만야수문은 냉하영이 보기엔 마음대로 주물럭거릴 수 있는 곳일 뿐이었다.

잠시 무언가를 고민하던 냉하영은 작게 입을 열었다.

"천마신교에 연락하세요."

"무엇을 말입니까?"

"운휘의 행방을 찾았다고. 그에 대한 정보를 천마신교 측에 넘겨주세요."

수하는 냉하영의 말뜻을 알아차리고 눈을 반짝였다.

'차도살인.'

차도살인지계(借刀殺人之計, 타인의 손을 빌려 사람을 죽이는 계책).

훌륭한 방법이었다.

자신들이 나서기엔 애매한 일이니 다른 사람의 손을 빌려 일을 처리할 속셈인 것이다.

지금 상황에서 천마신교가 운휘의 행방을 알게 된다면 전력을 투입해서라도 죽이려 들 것이다.

"아, 그리고 군사님께서 흥미를 가지실 만한 정보가 있습니다."

"뭔가요?"

"안 그래도 천마신교에서 저희 측에 공문을 보내왔습니다."

수하가 건네는 보고서를 받아 읽으며 냉하영은 눈을 빛냈다.

"정보의 출처는 확인해 보았나요?"

"예. 그 작업을 진행하느라 시간이 걸렸습니다."

"척살령이라……. 이거 정말 재미있군요."

냉하영은 입가에 비웃음을 그렸다.

천마신교에서 보낸 협조 공문.

수라마군 초류향에 대한 척살 문서였다.

아마도 이 문서는 정도맹과, 북해빙궁, 남만야수문에도 보내졌을 것이다.

"그들은 수라마군이 백치일 것이라고 생각하고 있었습니다."

재미있었다.

일이 너무 재미있게 돌아가서 냉하영은 입가를 비집고 새어 나오는 웃음을 참기에 바빴다.

이런 재미있는 일을 이용하지 못한다면 군사의 자격이 없었다.

어떻게 이용해야 할까?

냉하영은 당금 강호의 흐름을 머릿속으로 정리해 보았다.

그들 중에서 가장 위험한 것은 역시 이빨이 빠지긴 했어도 천마신교였다.

천마신교는 지금도 그렇지만 차후에도 큰 위협이 될 것이 분명했다.

'그럼 그들의 힘을 조금 줄여 볼까?'

치명적인 일격을 날려 줘야 했다.

그들의 전력을 확실하게 감소시킬 수 있는 치명상.

냉하영은 자신의 손에 들어온 운휘와 수라마군이라는 확실한 패를 들여다보며 잔인한 미소를 입가에 그렸다.

*　　*　　*

천마신교에서 나온 협조 공문은 무림 전체를 술렁거리게 하기에 충분했다.

**수라마군이 천마신교에서 축출당했다!**

정확한 이유는 알 수 없었지만 천마신교에서는 수라마군을 찾기 위해 혈안이 되어 있었다.

수라마군이 누군가.

천마신교의 다음 대 주인.

소교주가 아닌가?

그런 그에게 떨어진 척살령은 모두에게 신선한 사건으로 다가왔다.

그리고 그 협조 공문은 곧 전 무림으로 퍼져 나갔다.

운휘는 자신에게까지 돌아온 협조 공문을 읽고 얼굴을 찡그렸다.

'너무 빠르다.'

게다가 지나치게 공개적인 움직임이 아닌가?

위험했다.

기억이 돌아오더라도 갈 곳이 없다는 것.

이것은 앞으로의 움직임이 예상보다 더욱 어려워지리라는 사실을 의미했다.

운휘의 얼굴이 급격하게 어두워질 때.

흑룡문주가 들어와 조심스럽게 입을 열었다.

"형님."

"……무슨 일이지?"

운휘가 자신이 들고 있던 협조 공문을 구겨 버리면서 묻자 흑룡문주는 조용하게 입을 열었다.

"질문을 하나 해도 되겠습니까?"

운휘는 선뜻 고개를 끄덕였다.

흑룡문주는 허락을 받고 나서도 잠시 망설였다.

어쩌면 이 질문을 하고 난 뒤.

운휘가 자신을 죽일지도 몰랐기 때문이다.

'그래도 확실하게 알아 둬야 한다.'

흑룡문주는 조심스럽게 운휘를 바라보며 입을 열었다.

"혹시 찾고 계신 분이 수라마군입니까?"

"……."

운휘는 대답하지 못했다.

대신 평소의 담담한 눈빛 그대로 흑룡문주를 바라볼 뿐이었다.

표정으로는 질문의 답을 읽을 수 없었다.

그랬기에 흑룡문주는 재차 물었다.

"맞습니까?"

"……."

운휘는 미미하게 고개를 끄덕였다.

더 이상은 부정할 수 없었기 때문이다.

'어떻게 해야 할까?'

죽여야 할까?

이 사실이 초류향에게 피해가 갈 것인가?

운휘는 선뜻 판단이 되지 않았다.

'차라리 이놈이 더 멍청했다면 좋았을 것을…….'

안타까웠다.

만약 이 녀석이 더 영악한 놈이었다면 자신이 수라마군을 찾고 있다는 사실을 눈치챘을 때, 모르는 척 발을 빼려고 했을 것이다.

하지만 이놈은 그러지 않았다.

군이 자신에게 찾아와 확인을 하려 한 것이다.

'목숨을 걸었느냐?'

흑룡문주도 분명 운휘에게 이 질문을 하는 것이 얼마나 위험한 일인지 알았을 것이다.

그런데도 했다.

질문 하나에 목숨을 건 것이다.

'멍청이.'

운휘는 눈앞에 있는 이 바보 같은 녀석을 죽여야 한다는 것이 망설여졌다.

'그새 정이라도 들어 버린 거냐?'

스스로에게 질문하고 운휘는 속으로 침음을 삼켰다.

일 년이라는 시간은 순식간에 지나가 버렸다고 생각했는데, 결코 짧지 않았던 모양이다.

예전이었다면, 과거의 자신이었다면 조금이라도 마음에 걸리는 점이 있었을 때 망설이지 않고 바로 행동했을 것이다.

그런데 지금은 망설여졌다.

적어도 자신의 손으로 이 녀석을 죽이고 싶지는 않았기 때문이다.

운휘가 서늘한 눈으로 흑룡문주를 바라보며 신중하게 고민하고 있을 때.

흑룡문주가 결심한 듯한 음성으로 입을 열었다.

"형님이 누구를 찾든, 그것에 어떤 이유가 있든, 저는 그 사람을 찾기 위해 최선을 다할 겁니다. 찾는 사람이 수라마군이라 하더라도 그 사실은 변하지 않습니다."

운휘의 시선이 가늘어졌다.

흑룡문주가 한 말의 진위를 판단하기 위함이었다.

잠시 그를 바라보던 운휘가 한숨을 내쉬었다.

'이놈은 진짜다.'

이놈은 진심으로 그 대상이 수라마군이라 하더라도 찾아낼 생각을 하고 있는 것이다.

바보 멍청이가 아닌가?

"……이 일과 연관되었다는 것이 알려진다면 단지 그것만으로도 너는 죽을 수 있다."

흑룡문주는 운휘의 말을 듣고 씨익 웃었다.

운휘가 그를 걱정하는 게 신기했던 것이다.

늘 얼음장같이 냉정한 얼굴로 자신을 바라보던 사람이 아닌가?

한데 겉으로 티를 내진 않았어도 정이 들긴 들었던 모양이다.

"형님은 제가 죽는 것을 가만히 지켜보실 겁니까?"

운휘는 대답하지 않았다.

그저 우두커니 흑룡문주를 바라보다 자리에서 일어서며 말했다.

"적어도 이 일로 인해 네가 나보다 먼저 죽는 일은 없을 것이다."

결국 운휘는 눈앞에 있는 이 아둔한 녀석을 살리기로 결심했다.

흑룡문주 역시 운휘의 말 속에서 그 뜻을 읽었기에 함박 웃으며 말했다.

"저도 그 부분에 대해서는 염려하지 않습니다."

운휘는 가타부타 말없이 미미하게 고개를 끄덕였다.

그리고 낮게 말했다.

"이제 시간이 없다. 천마신교가 직접 움직였다면 조만간 어떤 식으로든 결과가 나온다."

천마신교는 결과가 없는 일은 하지 않는다.

게다가 사안이 사안인 만큼 척살조가 작정하고 움직일 것이고, 그들이 마음만 먹는다면 화경의 고수라도 죽이는 건 어렵지 않았다.

그러니 그들보다 더 빠르게 초류향을 찾아야 했다.

'방법을 바꾼다.'

이제는 시간이 없었다.

더 이상 망설이고 있을 여유가 없다.

최대한 많은 정보를 쓸어 모아서 초류향을 찾아야 할 때였다.

거기에 따라오는 위험 정도는 감수할 수밖에 없다.

운휘는 천천히 밖으로 빠져나가며 속도를 높였다.

얼마 전부터 지켜보고 있었던 천마신교의 추적자들을 찾아가는 것이다.

*　　*　　*

초류향은 자신을 찾아온 흑월회의 정보원에게서 황실에 대한 정보를 건네받으며 고개를 끄덕였다.

"아직 그들은 움직이지 않은 겁니까?"

"그렇습니다."

황실이 지금까지 큰 움직임을 보이지 않는다는 것은 확실히 의아했다.

그동안의 정보들을 조합해 보았을 때 그들은 지나칠 정도로 일을 서두르고 있었다.

그런데 이렇게 갑작스럽게 신중해지다니?

무언가 일이 생긴 것인가?

"분명 얼마 전에는 당장이라도 움직일 것 같다고 하지 않았습니까?"

"예."

"그들의 움직임에 영향을 줄 만큼 큰 변수가 생긴 겁니까?"

초류향의 질문에 흑월회의 정보원은 잠시 멈칫했다.

날카로운 질문이었다.

하나 그 질문에 정보원은 명확한 대답을 해 줄 수 없었다.

'곤란해.'

수라마군을 쫓기 위해 천마신교가 오랜 봉문을 풀었다.

척살령이 떨어지고, 천마신교의 고수들이 대거 강호에 흘러나왔다.

그것 때문에 황실이 멈추었다.

천마신교라는 거대한 변수 때문에 지금 모든 세력들이 움직임을 멈추고 일시적으로 관망에 들어섰던 것이다.

'하지만 이걸 말해 줄 순 없지.'

아직은 이 사실을 초류향에게 알려 줄 수 없었다.

그것이 냉하영의 뜻.

냉하영은 천마신교의 넘치는 전력을 이 기회에 상당 부분 소모시키길 원했다.

정보원이 머뭇거리자 그에게서 대답을 들을 수 없다고 판단한 초류향은 나름대로 고민해 봤다.

'황실이 보유한 화경의 고수는 최소한 셋.'

아니, 지금까지의 정황상 그 이상일 확률이 높았다.

거기에 더해 황실에는 주호유도 있다.

실로 어마어마한 전력이 아닌가?

그런데도 멈춰 서 관망한다는 것은 분명 무언가가 있다는 뜻이다.

'그게 뭐지?'

정보원이 머뭇거리며 대답을 회피하자 초류향의 눈이 가늘어졌다.

'분명 무언가 숨기고 있다.'

그게 무엇일까?

자신에게 말하기 곤란한 정보가 무엇일까?

곰곰이 생각하던 초류향은 고개를 끄덕였다.

"알겠습니다. 그럼 여유를 가지고 지켜보도록 하지요."

"예."

정보원은 크게 안도한 얼굴을 해 보였다.

집요하게 추궁했다면 대답할 말이 궁색했던 것이다.

초류향은 정보원이 서둘러 인사를 하고 자리에서 물러날 때까지 별다른 말 없이 자리에서 움직이지 않았다.

그러다 감각을 극대화시켜서 주변을 한 번 둘러본 다음 자리에서 일어섰다.

"나에게 숨기는 것이라면 분명 천마신교와 관련된 정보 아니면 운휘의 행방에 관한 것이겠지."

둘 모두 초류향에게 있어서 그다지 좋은 일은 아니었다.

'새로운 정보 통로가 필요하다.'

초류향은 자리에서 일어섰다.

조짐이 좋지 않았다.

돈을 주고서라도 정보를 사야 했다.

무언가를 감추고 있는 흑월회를 더 이상 믿을 수 없었기 때문이다.

자리에서 일어난 초류향은 뒷골목으로 스며들었다.

그곳에 있는 작은 정보 단체를 목표로 향한 것이다.

그런 초류향의 뒤를 따르며 막수가 귀찮다는 얼굴을 해 보였다.

[인간들은 참으로 피곤하게 산다.]

"치열하게 사는 거다."

막수에게 대충 대답하며 초류향은 주변을 두리번거렸다.

그리고 흐릿하게 웃으며 어딘가로 걸어갔다.

이윽고 소매에서 은전 한 냥을 꺼낸 후 길바닥에 앉아서 꾸벅꾸벅 졸고 있는 중년 거지에게 다가가 그의 바가지에 돈을 던져 넣으며 말했다.

"개방의 정보를 사고 싶습니다."

중년 거지는 졸린 눈을 비비며 바가지에 들어가 있는 은자 한 냥을

물끄러미 바라보았다.

그러더니 퉁명스럽게 입을 열었다.

"어떤 정보?"

"현재 강호에서 가장 큰 영향력을 끼치는 정보가 필요합니다."

초류향의 말을 듣던 중년 거지가 어처구니가 없다는 얼굴로 입을 열었다.

"그런 정보를 고작해야 은자 한 냥으로 사려고? 이거 완전 칼만 안 들었지 날강도가 따로 없네. 누굴 거지로 보나."

"……."

'거지 맞잖아?' 라는 말은 굳이 내뱉지 않았다.

그저 가만히 그의 열변을 듣고 나서 초류향은 입을 열었다.

"숨겨진 정보를 원하는 게 아니라 대다수가 알고 있는 정보를 알고 싶습니다. 공개적인 정보들 중에서도 강호에 영향을 끼칠 만큼 거대한 것들이 있을 텐데요?"

"아무리 공개된 정보라고 해도 이건 너무 싸. 양심이 있냐, 너? 완전 날로 먹으려 드네. 누군 땅 파서 장사해?"

덜그럭—

바가지를 거칠게 흔들며 중년 거지가 입을 열자 초류향은 한숨을 내쉬며 소매에 손을 넣었다.

그러자 중년 거지의 시선에 욕심이 떠올랐다.

그것을 보며 초류향은 소매에서 다시 손을 슬그머니 빼냈다.

중년 거지가 '어째서?' 라는 눈빛으로 초류향을 응시했다.

초류향은 그 시선을 받고 덤덤하게 웃으며 말했다.

"지금은 돈이 그다지 많지가 않아서……."

초류향이 아쉬운 얼굴로 슬그머니 바가지에 던져 놓았던 은자를 되찾아 가려 하자 중년 거지가 재빨리 바가지를 뒤로 빼며 말했다.

"열 냥. 열 냥에 합의 보자. 그리고 거지에게 줬던 거 다시 뺏어 가면 재수 없다는데 넌 그런 것도 모르냐? 강호에 처음 나와?"

초류향은 중년 거지의 말에 뒷머리를 긁적였다.

처음 나온다고 해야 하나?

혼자서 처음 나온 것은 맞았다.

그렇다고 그런 이야기까지 굳이 해 줄 필요는 없는 것 같았다.

"닷 냥으로 합의 보죠."

중년 거지는 눈을 동그랗게 떴다.

"에라이, 날강도 같은 놈아! 고작 닷 냥으로 정보를 사가겠다는 거냐? 그것도 개방의 최고급 정보를? 멀쩡하게 생긴 놈이 아주 도둑놈 심보를 가지고 있네? 가격을 후려쳐도 적당히 쳐야지!"

중년 거지가 신랄하게 비난했지만 초류향은 개의치 않았다.

초류향은 다시 슬그머니 바가지에 손을 가져가며 말했다.

"그냥 세상이 어떻게 돌아가는지 알고 싶어서 물어보려는 건데…… 단순한 호기심에 닷 냥을 투자하는 것도 크죠. 안 되면 하오문에 가 봐야겠습니다. 은자 이리 주십시오."

"안 돼! 못 줘! 거지새끼한테 적선한 돈 돌려받는 거 본 적 있어? 절대 못 줘! 가져가려면 날 죽여라!"

초류향은 난감한 얼굴을 해 보였다.

중년 거지는 필사적인 자세로 돈을 움켜쥐고 완강하게 거부하고 있었던 것이다.

저걸 뺏자니 힘을 써야겠는데, 그러면 정체가 드러날 우려가 있었다.

초류향이 얼굴을 찡그린 채로 서 있는데 중년 거지가 조심스럽게 초류향의 눈치를 살피다가 입을 열었다.

"여덟 냥에 합의 보자. 이 근방에서 나보다 정보에 빠삭한 거지는 없어. 나보다 말을 잘하는 거지도 없지."

초류향은 잠시 심각한 얼굴로 고민했다.

그리고 입을 열었다.

"……일곱 냥."

"이런 개…… 후우, 알겠다. 네놈도 그리 넉넉해 보이지 않으니 어른인 내가 양보하마."

초류향은 중년 거지가 슬그머니 앞으로 내미는 바가지를 보다가 은자 세 개를 거기에 던져 넣었다.

중년 거지가 의아한 얼굴을 하자 초류향이 웃으며 말했다.

"나머지 반은 이야기를 들어 보고 드리겠습니다."

"……신중한 놈이구만."

"무서운 세상이니까요."

"좋아, 아주 좋은 태도다. 강호에 처음 나오는 놈치고 그 정도면 오래 살아남을 수 있겠어."

잠시 무언가를 생각하던 중년 거지가 고개를 갸웃하며 입을 열었다.

"근데 정확하게 어떤 정보가 필요한 거냐?"

이놈이 원하는 정보는 너무 두루뭉술하지 않은가?

그저 강호에 대해 알고 싶다고만 해서 어디부터 설명해야 할지 감이 잘 오지 않았던 것이다.

그때 초류향이 가만히 생각하다가 아무렇지도 않게 말했다.

"최근에 일어난, 강호를 들썩일 만한 일들이나 사건에 대해서 알고 싶습니다."

"최근의 정보만 알고 싶다?"

"예."

"그럼 쉽지."

공개되어 모두가 알고 있는 정보들은 솔직히 술집에 앉아서 하루 종일 귀만 기울여도 알 수 있는 것들이 대부분이다.

그리고 그런 정보는 매우 가치가 낮았다.

중년 거지는 속으로 호구 하나 물었다고 기뻐하며 하나하나 자신이 알고 있는 정보를 풀기 시작했다.

현재 강호의 정세와 천마신교의 척살령, 황실과 정도맹의 움직임 등등.

크기가 굵직굵직한 것들만 풀었던 것이다.

웃는 낯으로 중년 거지의 이야기를 다 들은 초류향은 바가지에 은자 세 개를 마저 던져 주며 말했다.

"감사합니다. 재미있게 잘 들었습니다."

"그래? 호기심은 충족이 좀 되었나?"

"예."

중년 거지는 바가지에 들어온 은자를 마저 소매에 챙겨 넣으며 입을 열었다.

"험험, 강호에 나왔으면 여자와 노인을 조심하라는 말이 있지. 네 놈도 오래 살아남으려면 항상 긴장을 하면서 살아."

"조언 감사합니다."

초류향은 웃으며 중년 거지에게 읍을 해 보였다.

그리고 고개를 돌려 터벅터벅 걸어갔다.

뒤를 돌아서 걷던 초류향의 얼굴에서 조금 전의 웃음기는 이미 씻은 듯이 사라져 있었다.

'천마신교가 나를 죽이기 위해 움직였다?'

흑월회가 숨기려고 했던 정보가 무엇인지 이제야 알아챘다.

앞으로의 일을 생각하며 걷는 초류향의 얼굴은 점차 딱딱하게 굳어갔다.

第九章

# 운휘, 춘하월을 만나다

임학겸과 엄승도는 강호에서 노진녕을 만났다.

사대 세가의 편을 든 노진녕에게 적잖이 실망했던 그들이었지만, 자초지종을 듣고는 일이 어쩔 수 없었음을 알기에 그를 받아들였다.

그들 역시 막막했던 것이다.

초류향의 흔적은 정말이지 너무도 깨끗하게 지워져 있었다.

화령과 운휘가 그만큼 완벽하게 흔적을 지운 탓도 있었지만 가장 큰 문제는 시간이 너무 오래 지났다는 데에 있었다.

"정보가 너무 적습니다. 이건 적다가 아니라 아예 없는 수준이니까요."

"역시 그렇지?"

제아무리 추적과 암살의 달인이라지만 이렇게까지 극단적으로 정보가 적다면 할 수 있는 것이 별로 없었다.

이렇게 되면 가장 원초적인 방법을 쓸 수밖에 없다.

직접 발로 뛰며 일일이 사람들을 확인하고 다닐 수밖에.

"저희들은 처음 계획대로 흔적들을 쫓으면서 교에 계신 어르신들과 연락을 하겠습니다. 노진녕 님께서는 저희와 연락하면서 이 주변을 크게 흔들어 주시면 됩니다."

"그러면 정말로 운휘가 찾아올까?"

노진녕이 걱정스럽게 묻자 엄승도는 고개를 끄덕였다. 그도 확신이 없었지만 지금으로서는 달리 방법이 없었다.

"현재는 거기에 기댈 수밖에 없습니다. 운휘 님과 연락이 닿으면 그쪽이 가진 정보와 저희가 가진 정보를 바탕으로 무언가 실마리를 잡아낼 수 있을 겁니다."

"알았어."

노진녕은 자리를 털고 일어섰다.

최대한 서둘러야 했다.

천마신교에서 파견된 척살조가 이미 움직이고 있는 상황에서 그들이 먼저 초류향을 발견해 낸다면 문제가 아주 심각해진다.

그들이 알기로 초류향은 아직 백치 상태였기 때문이다.

저항도 하지 못하고 당할 수도 있었다.

노진녕은 서둘러 움직였다.

그 역시 초류향이 걱정되었던 것이다.

*　　*　　*

운휘는 초류향의 흔적을 쫓고 있던 추적자들을 찾아 나섰다.

그들을 찾는 것은 그다지 어렵지 않았다.

이미 그들의 행동반경과 이동하는 방식들을 미리 파악하고 있었던 것이 큰 도움이 되었다.

하나 운휘는 곧바로 그들을 덮치지 않았다.

오히려 눈을 빛내며 그들이 하는 짓을 유심히 살폈다.

*　　*　　*

"그러니까 소소라는 놈이 여기에 있었다, 이거지?"

"모, 몰라요."

"모르긴 뭘 몰라. 누굴 바보로 아나."

장대한 체구의 수염이 덥수룩한 사내.

천마신교에서 초류향의 흔적을 쫓기 위해 파견한 추적자이자 신마대의 대주인 마홍열이었다.

그는 허리춤에 매어져 있던 짧은 단창을 꺼내 들며 음산하게 웃었다.

"이러고 싶진 않았는데 별수 없지."

정말 힘들게 여기까지 오지 않았던가?

소소라는 백치 녀석이 산속에 나무꾼으로 위장한 채 살고 있다는 결정적인 정보를 주워듣지 못했다면 여기까지 올 수도 없었을 것이다.

마홍열은 지난 일 년간의 고생이 주마등처럼 스쳐 지나가며 희열을 느꼈다.

그리고 좀 떨어져 있는 곳에서 묵묵하게 서 있는 염라대주 선주혁을 바라보며 말했다.

"내가 할까?"

"뭘?"

"뭐긴 뭐야, 고문이지."

선주혁은 얼굴을 찡그렸다.

"그럴 가치가 있나?"

무림인이 아니라 평범한 사람이었다.

게다가 어린 여자아이가 아닌가?

저렇게 잔뜩 겁을 집어먹고 있는데 조금만 위협해도 술술 불 것이 분명했다.

굳이 고문까지 할 필요가 있나 싶었다.

하지만 마홍열은 이미 살기가 번들거리는 눈으로 춘하월의 아래위를 훑어보며 비릿하게 웃었다.

"후후, 걱정 마라. 나도 생각보다 눈이 높아서 너 같은 추녀는 덮치지 않으니까. 적어도 그 부분에 대해서는 안심을 해도 좋아. 하지만 넌 충분히 피가 보고 싶어지는 얼굴이니 각오하는 게 좋을 거야."

"……."

춘하월은 겁을 먹은 와중에도 화가 났다.

상대방의 모욕적인 말에 분노가 치민 것이다.

그리고 분노는 때론 두려움을 넘어서게 만들어 준다.

“아저씨들은 대체 소소 오빠를 왜 찾는 거죠?”

“응? 소소가 누군지 정말 몰라?”

“뭔데요, 정체가.”

“나 참, 정말 그 살인귀의 정체도 모르고 보살펴 준 거야?”

마홍열은 어이없다는 얼굴로 어깨를 으쓱하며 말했다.

“수라마군이라고 들어봤어? 소소가 바로 그 녀석이야. 희대의 살인귀.”

수라마군?

수라마군이라면 춘하월도 들어 본 기억이 있다.

오 년 전 구주십오객에 새롭게 올라간 절대 고수.

사람들을 대량으로 학살하는 것을 즐겨 했기에 그의 별호에는 아수라를 뜻하는 ‘수라’의 칭호가 들어갔다.

강호에서 새롭게 떠오르는 공포의 대상이었던 것이다.

“네년은 그런 살인 병기를 먹여 주고 재워 줬던 거야.”

“……우리 소소 오빠가 그럴 리가 없어요.”

“물론 그렇게 믿고 싶겠지. 하지만 사실이다.”

“거짓말쟁이!”

“푸하하하! 이 어리석은 년에게 벌을 내려줘야겠구만.”

마홍열은 단창을 들어 올리며 히죽 웃었다.

일 년 동안 정말 개고생해서 겨우 단서를 찾았다.

'나무꾼? 웃기지도 않는 놈이네.'

초류향이 해 왔던 행적을 역으로 되짚어서 마지막으로 도달한 곳이 여기였다.

이 작은 산골마을에서 초류향의 행적이 끊어진 것이다.

어디로 갔는지, 무슨 목적으로 갔는지 등을 이 계집애를 고문해서 알아 내야 하는 마홍열과 선주혁이었다.

사실 선주혁은 별로 그런 생각이 없었지만 마홍열은 그동안의 고생에 대한 보상을 어느 정도 받고 싶었다.

'핏값으로 받아 내야지.'

마홍열이 그렇게 생각하며 단창을 휘두르려 할 때.

갑자기 옆에 있던 선주혁이 바닥으로 힘없이 쓰러졌다.

"응?"

옆으로 쓰러진 선주혁의 앞.

그곳에는 복면을 하고 있는 사내가 그림처럼 서 있었다.

일이 이상하게 돌아가고 있었다.

하지만 고민은 짧았다.

마홍열은 재빨리 단창에 기운을 모아 곧장 복면 사내를 덮쳐 갔다.

콰아아아아—

폭풍처럼 휘둘러지는 단창의 그림자를 물끄러미 바라보고 있던 복면 사내.

운휘.

그는 천천히 주먹을 쥐어 단창의 끝을 가볍게 후려쳤다.

쾅—!

"컥!"

마홍열은 입에서 피 분수를 토해 내며 뒤로 튕겨 나갔다.

압도적인 힘.

화경의 고수와 절정 고수의 차이는 실로 어마어마했던 것이다.

운휘는 튕겨 나간 마홍열을 수습하기 위해 뚜벅뚜벅 걸어갔다.

그러다 움찔하며 재빨리 마홍열에게 다가가 그의 멱살을 잡아 들어올렸다.

하나 마홍열의 얼굴을 살펴보곤 얼굴을 찌푸렸다.

'자결했나?'

그 사이 혈맥을 터트려 자살한 것이다.

운휘는 천천히 고개를 돌려 혈도를 짚어 놓은 선주혁을 바라보았다.

그는 자결을 하고 싶어도 할 수가 없는 상태였다.

그래도 혹시 몰라 선주혁의 상태를 꼼꼼히 확인한 후 운휘는 입을 열었다.

"잠시 기다려라. 너에겐 물어볼 게 많으니."

으스스한 음성.

운휘의 말에 선주혁의 얼굴이 급격하게 어두워질 때.

운휘가 고개를 돌려 춘하월을 바라보며 입을 열었다.

"괜찮나?"

"네? 네."

"다행이군."

춘하월은 커다란 덩치의 마홍열을 공깃돌처럼 가볍게 들어다가 저 멀리 창밖으로 집어 던지는 복면 사내를 바라보며 마른침을 삼켰다.

이 복면을 한 수상한 사내가 무엇을 원하는지 알 수가 없었던 것이다.

복면 사내는 그런 춘하월을 한동안 살펴보다가 조용하게 입을 열었다.

"저들이 말한 소소……라는 분에 대해서 알고 싶다."

춘하월은 눈을 깜빡였다.

분명 소소에게 존칭을 사용했다.

하나 그렇더라도 믿을 수 없었다.

소소와 관련된 정보는 누구에게도 알려 줄 마음이 없는 춘하월이었다.

그때 운휘가 조용하게 의자를 빼내며 춘하월에게 눈짓으로 앉으라는 뜻을 비쳤다.

그래도 춘하월은 경계심을 풀지 않았다.

그리고 제자리에서 선 채로 말했다.

"우리 소소 오빠를 어떻게 알죠? 전 목에 칼이 들어와도 우리 소소 오빠에 대한 것을 알려 줄 마음이 없어요."

운휘는 난감한 얼굴을 해 보였다.

이걸 어떻게, 어디부터 설명해야 할지 감이 오지 않았던 것이다.

그랬기에 운휘는 지금 상황에서 가장 중요한 것을 말해 주었다.

"……그가 정말 내가 아는 사람이 맞다면, 나는 너를 해칠 수 없다. 아니, 오히려 너에게 보상을 해야겠지. 만약 정말로 그가 내가 아는 그분이라면…… 보살펴 준 대가는 반드시 치르겠다."

춘하월은 잠시 고민했다.

상대방의 말이 왠지 진심처럼 느껴졌던 것이다.

그래도 확신할 수 없었기에 춘하월은 일단 배짱을 부리기로 했다.

"거짓말인지 진심인지 알 수 없으니까 일단 복면을 벗고 이야기해 봐요. 그래야 대화가 되겠어요."

"……."

운휘는 잠시 머뭇거렸지만 곧 순순히 복면을 벗었다.

춘하월은 복면 속에 드러난 사내의 얼굴에 눈을 동그랗게 떴다.

차분한 눈과 굳게 다문 입술.

뽀얀 피부에 선이 가는 미남자였다.

단지 흠이 있다면 왼쪽 볼에 짧게 나 있는 검상이었는데, 오히려 그 검상이 선이 얇은 그의 인상을 더욱 강렬하게 만들어 주었다.

"되었나?"

"예? 아, 예. 뭐, 괜찮네요. 헤헤."

춘하월은 자신도 모르게 말을 얼버무리며 운휘의 얼굴을 뚫어져라 살펴보았다.

보기 드문 미남자가 아닌가?

춘하월이 정신을 못 차리고 있을 때 운휘가 입을 열었다.

"일단 여기 앉아라."

"예? 네."

춘하월은 이번에는 순순히 의자에 앉았다.

운휘 역시 그녀의 맞은편에 의자를 가져다 놓고 앉았다.

그리고 말했다.

"그분의 외모가 어떤지 알고 싶다. 특징을 말해 줄 수 있겠나?"

"누구요? 아, 소소 오빠요?"

"그래."

춘하월은 소소의 외형에 대해서 설명해 주었다.

그녀의 이야기를 가만히 듣고 있던 운휘는 자신도 모르게 마른침을 삼켰다.

춘하월이 마냥 뜬구름 잡듯이 잘생겼다, 착하다, 키가 이만하다 등 애매하게 이야기해서 확신할 수는 없었지만 그의 육감이 말하고 있었다.

'그분이다.'

하나 단정 짓기에는 아직 일렀다.

이런 일에는 신중함이 필수였으니까.

운휘는 흥분해서 떠들고 있는 춘하월의 이야기를 차분히 인내심을 가지고 듣다가 입을 열었다.

"다른 특징은 없던가? 혹시 가지고 계시던 물건이 있다든가……."

"아! 있었어요. 이렇게 생긴 물건인데……."

춘하월이 허공에 자그마한 둥근 원을 두 개 그리며 어떤 물건을 설명하자 운휘는 자리에서 벌떡 일어섰다.

"그 물건을 가지고 계셨나?"

"예? 네."

운휘의 얼굴이 흥분으로 붉게 상기되었다.

드디어 찾았던 것이다.

무엇보다도 확실한 단서.

"그 물건은 소소 오빠가 절벽에서 떨어졌을 때부터 갖고 있던 거랬어요."

운휘의 고개가 옆으로 틀어졌다.

"절벽에서 떨어지셨다고?"

"네. 그때 머리를 다쳐서 그런지 아무것도 기억 못 했거든요."

운휘는 잠시 입을 다물고 생각을 정리했다.

방금 춘하월이 말하는 물건은 안경이 분명했다.

저것은 소소라는 사람이 초류향이라는 가장 확실한 증거였다.

하지만 절벽에서 떨어졌다니?

게다가 이상한 것은 그것뿐만이 아니었다.

'화령은 어떻게 된 것이지?'

운휘는 지금까지 초류향과 화령이 함께 있다고만 생각했다.

한데 아니었던 모양이다.

결국 화령이랑도 헤어져서 혼자 계셨던 모양인데 그동안에 대체 무슨 일이 있었던 걸까?

'아니, 지금 이런 것이 중요한 게 아니다.'

중간의 일은 어찌 되든 상관없었다.

지금은 당장 초류향의 안전을 확인하는 게 중요했다.

운휘는 춘하월을 보다가 그녀의 어깨를 강하게 잡아채며 입을 열었다.

"그분이 지금 어디 계신지 알고 있나? 말해 다오."

"그건……."

"부탁한다. 돈을 달라고 하면 돈을 주마. 그 외의 보상을 원한다면, 그분을 찾음과 동시에 하겠다."

춘하월은 난감한 얼굴을 해 보였다.

이 사람은 진짜였다.

방금 전의 그 두 사람처럼 소소를 해치려는 것이 아니라 진정으로 그를 걱정하고 염려하기에 찾으려 하는 것이 절실하게 느껴졌던 것이다.

"저도…… 오빠가 어디로 갔는지 몰라요. 미안해요."

"……."

운휘의 얼굴이 고통스럽게 일그러졌다.

거기에서 전해져 오는 숨길 수 없는 아픔에 춘하월은 자신도 모르게 안타까운 한숨을 내쉬었다.

그러다 입을 열었다.

"오빠는 꼭 해야만 하는 일이 있다고 했어요. 그러기 위해서 떠나야 한다고, 자기가 있으면 위험해질 거라고 했어요. 그리고 일이 끝나면 꼭 돌아오겠다고 했어요."

"……!"

운휘의 얼굴에 잠시 의아함이 떠올랐다.

이해가 되지 않았던 것이다.

그러다 운휘는 조심스럽게 입을 열었다.

"그분께서…… 말을 하셨다고?"

"네. 기억이 돌아왔거든요."

운휘의 눈동자가 크게 뜨여졌다.

"……그게 정말인가!"

"네. 기억을 찾아서 저희를 떠났거든요."

"하……!"

운휘는 천천히 바닥에 주저앉았다.

다리에 힘이 풀려 버린 것이다.

그리고 그는 한 손으로는 땅을 짚고 다른 한 손으로는 얼굴을 가린 채 웃었다.

운휘는 그렇게 한동안 미친놈처럼 정신없이 웃어 댔다.

기뻤다.

드디어 소교주님께서 기억을 되찾으신 것이다.

자리에서 웃으며 기쁨을 만끽하던 운휘는 겨우겨우 마음을 진정시키고 바닥에서 일어나 춘하월에게 정중하게 읍을 해 보였다.

"내 이름은 운휘. 지금 너에게 입은 이 은혜는 평생 잊지 않는다. 반드시 돌아와서 갚겠다."

"네? 가시게요?"

운휘는 고개를 끄덕였다.

그리고 입가에 숨길 수 없는 기쁨의 미소를 그리며 말했다.

"나는 당장 나의 주군을 만나러 가야 한다. 분명 주군은 나를 기다리고 계실 것이다."

만남이 머지않았음을 느꼈다.

운휘의 마음이 뜨겁게 벅차오르기 시작했다.

* * *

"……대사형."

"왜."

"저 아파요."

"아픈 만큼 성숙해지는 법이야."

"처음인데 살살 좀 해 줘요. 너무 거칠다."

적혈명은 얼굴을 찡그렸다.

그리고 팔다리를 최대한 비틀어서 이상한 자세로 꼰 채 허공에 거꾸로 대롱대롱 매달려 있는 그의 사매를 바라보며 말했다.

"유가기공이 거저 얻을 수 있는 건 줄 알았어?"

유가기공(柳家氣功).

신체를 부드럽게 해서 외부의 어지간한 충격은 내부에서 부드럽게 흩어 버리는 강력한 호신기공이었다.

본래 천축에 있던 것을 북해빙궁이 강탈하여 가져온 무공인 것이다.

"그래도 이건 너무 극단적이잖아요. 꼴이 이게 뭐예요?"

허공에 늘어진 줄 하나에 팔다리를 비틀고 꼬아서 매달려 있었는데, 마치 벌을 받고 있는 것처럼 고통스러웠다.

숨을 쉬기도 힘들 만큼 몸의 자유를 구속당한 상태인 것이다.

"몸을 최대한 부드럽게 만들고, 관절 사이사이에 내력이 스며들 자리를 강제로 만드는 작업이야. 안 아프고 힘들지 않으면 말이 안 되지. 억울하면 환골탈태를 하시든가."

주다혜는 천장에 매달려 있는 상태로 입술을 비죽거렸다.

"……제가 대사형 같은 천재였으면 애초에 이런 고생을 안 했겠죠. 아— 나도 환골탈태하고 싶다……."

적혈명은 피식 웃었다.

그리고 자신의 몸뚱이를 슬쩍 내려다보며 오만하게 말했다.

"하긴, 이 완벽한 나도 뼈를 깎는 노력을 통해서 얻은 환골탈태니까. 평범한 너는 죽었다 깨어나도 힘든 게 당연하겠지. 이해한다. 이 기회에 차라리 다시 태어나는 건 어떠냐? 원한다면 고통 없이 한 방에 보내 줄 수 있는데."

"그냥 절 죽이고 싶다고 하세요, 대사형."

주다혜는 입술이 댓 발은 나온 상태로 눈을 감고 내력을 조절했다.

하루바삐 유가기공을 완성해야 했다.

이걸 완성시켜야 대사형과 함께 강호에 나갈 수 있기 때문이다.

"근데 대사형."

"또 왜. 귀찮게 하지 말고 한 번에 다 물어봐."

"근데 왜 절 기다려 주시겠다고 하신 거예요? 혼자 나가셔도 되잖아요."

주다혜가 약간 기대 어린 표정으로 묻자 적혈명은 한심하다는 얼굴로 그녀를 바라보았다.

"쯧, 당연한 거 아니냐?"

"왜, 왜요? 뭐가 당연한 건데요?"

"너랑 같이 안 가면 내 뒷수발은 누가 들어 주냐? 난 험하고 궂은 일 못 해. 알잖아? 나 곱게 자란 거."

주다혜의 얼굴이 찡그려졌다.

"……설마 이유가 그게 다예요? 다른 거 없어요?"

"다른 거 뭐?"

"저와 함께 있어야 안심이 된다든가…… 저랑 떨어져 있으면 제가 너무 걱정이 돼서 잠이 안 오신다든가."

"헛소리할 힘이 있는 걸 보니 단계를 올려도 되겠구나."

적혈명은 코웃음을 치며 천장에 매달려 있던 줄을 가볍게 한 번 잡아당겼다.

그러자 주다혜가 비명을 질렀다.

"으아악! 아파요, 대사형!"

"내가 말했지? 아픈 만큼 성숙해지는 법이라고. 나 같으면 그렇게 말할 시간에 호흡을 가라앉히고 내력을 조절하겠다."

"으윽!"

주다혜가 분노에 찬 얼굴로 적혈명을 노려보며 내력을 필사적으로 고를 때.

적혈명은 느긋한 몸짓으로 자신 앞에 놓인 서류를 훑어보았다.

그러다가 어떤 보고서를 보며 혀로 입술을 핥았다.

“수라마군. 드디어 움직이나 보구만?”

“수……라마군이요?”

“응. 그 진법을 쓰던 애송이. 제법 컸겠네, 이제.”

초류향의 진법에 호되게 당했던 기억을 떠올리며 적혈명은 낮게 이를 갈았다.

자신이 오랜 시간 투자해서 곱게 기른 머리카락.

그것을 한순간에 홀라당 태워 먹게 만든 장본인.

“너무 오래 기다렸다.”

황실에서 압박이 왔지만 사실상 북해빙궁과 남만야수문은 건드리지 못했다.

그들의 주력은 황실이 움직였다는 것을 알자마자 곧장 멀리 빠져서 본래 있던 곳으로 돌아갔기 때문이다.

덕분에 죽어나는 것은 정도맹이었다.

“슬슬 판을 엎을 때가 됐어.”

적혈명은 웃었다.

북해빙궁과 남만야수문.

둘은 그 긴 시간 동안 놀고먹지 않았다.

그리고 슬슬 움직일 때가 왔다.

*　　*　　*

운휘는 바깥으로 나가 선주혁과 마홍열의 흔적을 꼼꼼하게 지웠다.

초류향을 만나러 가기 전, 그가 제일 먼저 생각한 것은 춘하월과 그 가족들의 안전을 보장하는 것이었다.

추적자들의 흔적을 완벽하게 지운 후, 운휘는 제압해 놓은 선주혁의 멱살을 잡고 어디론가 이동했다.

깊은 산 속에서 선주혁과 단둘이 마주한 운휘는 입을 열었다.

"내가 무엇을 물어보아도 너는 대답해 주지 않을 것임을 안다. 그런 훈련을 받아 왔을 테니."

"……."

선주혁은 질린 얼굴로 운휘를 바라보았다.

운휘 역시 그런 선주혁의 시선을 피하지 않으며 깊게 가라앉은 눈으로 입을 열었다.

"하나 그렇다고 해도 나는 포기할 수 없다. 소교주님의 안전이 확인된 지금, 그 무엇보다도 정보 하나하나가 소중하니까. 그래서 나는 이제부터 너를 고문할 생각이다."

운휘의 말은 높낮이가 없고 무덤덤했기에 상대방에게는 더욱 공포스럽게 느껴졌다.

그런 운휘를 보면 볼수록 선주혁은 후회스러웠다.

자신은 마홍열처럼 자결할 기회조차 없었던 것이다.

'마홍열, 그놈이 부럽군.'

그가 속으로 투덜거릴 때.

운휘가 선주혁에게 가까이 다가와 그의 턱 아래 근육을 가볍게 몇 번 툭툭 쳤다.

그러자 아래턱이 힘없이 풀리며 바보처럼 침이 질질 흘러나왔다.

선주혁의 눈가가 미묘하게 흔들렸다.

'전문가로군.'

이놈은 이쪽 방면의 전문가였다.

하필 걸려도 지독한 놈에게 걸린 것이다.

고문을 시작하기에 앞서서 혀를 깨물어 자살하지 못하도록 턱 근육을 아예 풀어 버리는 놈이라니…….

선주혁은 앞으로 다가올 치 떨리는 고문을 떠올리며 눈빛에 살기를 띄웠다.

절대로 지지 않겠다는 독기가 엿보였다.

운휘는 그런 선주혁을 보며 그 어떤 위협적인 행동도 하지 않았다.

그저 무덤덤하게 자기 할 일을 했을 뿐이다.

그렇게 반나절이 지났다.

운휘는 자리를 털고 일어섰다.

그의 전신은 선주혁의 몸에서 튄 피 때문에 엉망이었지만 개의치 않았다.

그저 선주혁에게서 알아낸 것들을 천천히 곱씹고 있었을 뿐이었다.

'생각보다 많지 않다.'

아쉬웠다.

이 녀석이 알고 있는 것은 다 들었지만, 애초에 이 녀석이 알고 있는 것 자체가 그다지 많지 않았다.

하나 그 많지 않은 정보도 지금으로서는 상당히 도움이 됐다.

그중 특히 운휘의 마음에 남는 정보.

'화령이 죽었다.'

운휘는 우울한 눈빛을 해 보였다.

사실 어느 정도는 예상했던 일이었다.

그녀가 초류향의 곁에 없다는 말을 들었을 때.

살아 있을 확률보다 죽었을 확률이 더 높다고 여긴 것이다.

그리고 선주혁의 입을 통해 그것이 사실임을 알게 되었다.

잠시 복잡한 얼굴로 하늘을 바라보던 운휘는 천천히 움직였다.

이제부터는 그의 주군을 만나러 가야 한다.

기억은 되찾았을 거라 생각이 되지만 주군은 혼자였다.

하루바삐 돌아가 그의 곁에서 힘이 되어 드려야 했다.

'일단은…….'

초류향을 찾으러 가기 전.

반드시 먼저 처리해야 할 일이 있었다.

그동안 몸을 의탁하고 있던 흑룡문에 돌아가 그 녀석들과의 관계를 정리하는 것이다.

그래야 서로에게 좋았다.

흑룡문이 있는 곳으로 움직이며 운휘는 차분하게 앞으로의 일들을 정리하기 시작했다.

*　　*　　*

초류향은 흑월회의 안휘 분타에 불쑥 찾아갔다.

육 층짜리 높은 기루.

그곳이 바로 흑월회의 안휘성 비밀 분타였다.

사전 약속도 없이 무작정 찾아온 초류향은 가장 높은 꼭대기 층까지 성큼성큼 올라갔다.

중간중간 그를 막으려는 흑월회의 사람들이 있었지만 초류향과 눈이 마주치면 곧장 꼬리를 내리며 물러섰다.

아무도 그를 막지 못한 것이다.

그때쯤.

연락을 받은 것일까?

육 층에 도착하자 초류향과 안면이 있는 흑월회의 정보원이 허둥지둥 나와서 곤란한 얼굴을 해 보였다.

"이러시면 곤란합니다. 아직 초류향 님의 정체는 본 회에서도 특급 비밀이라 알고 있는 사람이 적습니다. 그러니 이렇게 공개적으로 저를 찾아오시면 문제가 커집니다."

초류향은 곤란한 얼굴을 하고 있는 정보원을 바라보며 입을 열었다.

"네가 안휘 분타주였나?"

"예. 고맙게도 군사께서 부족한 저를 높게 생각해 주셔서……."

"냉하영을 만나고 싶다."

"예?"

초류향은 정보원에게 찾아가 대뜸 그렇게 말을 시작했다.

정보원이 이유를 물어봐도 초류향은 말해 주지 않았다.

그저 냉하영을 만나겠다는 말만 반복할 뿐이었다.

정보원은 불안했다.

어딘지 모르게 서늘한 초류향의 눈빛에 압도당하기도 했지만, 도둑이 제 발 저리다고 흑월회가 그에게 숨기고 있는 비밀이 있었기에 불안했던 것이다.

"군사님은 바쁘십니다. 아마 몸을 빼내기 어려우실 겁니다."

초류향은 정보원의 말을 듣다가 싸늘하게 말했다.

"그건 네가 판단할 문제가 아니지. 판단은 그녀가 할 테니 너는 그저 가서 말을 전하기만 하면 된다."

무슨 일이 있었던 걸까?

불과 반나절 만에 초류향의 태도는 완전히 바뀌어 있었다.

예전에는 그래도 최소한의 존대는 해 주었는데 이제는 그런 것도 없었다.

정보원이 당황스러워 우물거리며 망설일 때.

초류향이 말했다.

"판단은 어차피 네가 하겠지만, 시간을 끌면 너에게 좋지 않은 일이 생길 거다."

정보원은 초류향의 말에 고민하다가 결국 한숨을 내쉬며 입을 열었다.

"총타에 기별을 넣겠습니다."

"잘 생각했다."

"일단 이리 오시지요."

초류향은 정보원의 안내를 받아 기루의 제일 꼭대기 층으로 안내되었다.

화려한 방 안에 들어서자 정보원이 최대한 공손한 태도로 입을 열었다.

"이곳에서 기다리고 계시면 되겠습니다."

초류향은 고개를 끄덕였다.

그리고 창밖이 내다보이는 탁자에 앉아 차분한 얼굴로 냉하영을 기다렸다.

이곳은 흑월회가 비밀리에 운영하고 있는 곳이었고, 그랬기에 기루 전체에는 흑월회의 고수들이 득실득실 포진하여 있었다.

하지만 그 누구도, 어떤 것도 지금의 초류향에게는 위협이 되지 않았다.

'무엇을 얻으려 하는 걸까?'

냉하영이 초류향에게 숨기고 있는 것.

초류향이 알아낸 것은 일단 천마신교의 척살령이었다.

확실히 냉하영이라면 이 사실을 안 순간부터 최대한 이용하려고 했을 것이다.

수라마군에 대한 정보는 현재 그녀만이 정확하게 알고 있었고, 이런 정보는 분명 대단히 높은 가치를 지녔을 터.

그 정보를 이용하는 것.

거기까지는 그다지 나쁘지 않았다.

'그냥 기분이 불쾌한 정도.'

애초에 그녀와 초류향의 계약은 운휘에 관한 게 전부였으니 그것 외의 다른 일은 그녀가 자신을 도울 이유가 없었다.

따지고 보자면 그녀와 자신은 적이었으니까.

단지 이용만 하면 될 뿐이다.

'하지만…….'

지금 초류향이 염려하는 부분은 이것 외에도 또 다른 무언가가 있나 하는 점이었다.

하나를 숨긴다는 것은 또 다른 것들도 얼마든지 숨길 수 있다는 의미이다.

흑월회에 대한 신뢰가 없어진 것이다.

그랬기에 초류향은 분노를 억누르며 기다렸다.

냉하영은 대단히 영악한 여자였고, 자신이 갑작스럽게 불렀다는 사실을 깨달으면 분명히 올 것이다.

계획이 틀어지는 것을 원하지 않는 여자였으니까.

초류향은 냉하영이 무슨 말을 할지 하나하나 예상해 보며 조용한 얼굴로 기다렸다.

*　　*　　*

“여기가 형산파가 맞아?”

“그렇소만?”

“내가 제대로 찾아왔네.”

형산파.

호남성에 위치한 정도맹의 중추 문파 중 하나로, 그 역사와 전통이 오래되어 강호에서 명문으로 대접받는 대문파였다.

호남성을 대표하는 문파이자 오랜 시간 터줏대감처럼 존재해 왔기 때문에 이 근방에서는 감히 형산파에 도전하려는 문파는 찾을 수가 없었다.

그런 형산파에 이른 아침부터 찾아온 무식한 얼굴의 사내가 주변을 두리번거리며 입을 열었다.

“근데 이게 다야?”

“뭐가 말이오?”

“형산파를 지키고 있는 사람은 고작 이게 다냐고.”

형산파의 문을 지키고 있는 원공 도인은 얼굴을 찌푸렸다.

상대방이 아까부터 너무 무례하게 말하고 있었기 때문이다.

“도우께서는 예의를 지키시오. 함부로 말하다가는 크게 혼나는 수가 있소!”

무식하게 생긴 사내.

노진녕은 히죽 웃으며 한 발자국 내디뎠다.

"안 그래도 크게 혼나려고 여기 온 거야."

강호에 노진녕이라는 이름이 울려 퍼진 것은 이때부터였다.

第十章

# 움직임

노진녕이 형산파를 반파시키고 천하에 그 이름을 알릴 무렵.

천마신교의 동향을 살피고 있던 임학겸과 엄승도는 이상한 낌새를 눈치챘다.

"저놈들 갑자기 왜 저래?"

"글쎄."

"어디 가는 거지? 갑자기 떼로 몰려가네?"

엄승도는 복면을 벗어 던진 임학겸을 바라보며 얼굴을 찌푸렸다.

"이거 네가 봐도 수상하지?"

"수상하군."

"저놈들이 미치지 않은 이상 저렇게 떼거리로 움직일 리가 없는데……."

임학겸과 엄승도는 천마신교에서 초류향을 죽이기 위해 빠져나온 척살조의 인원들이 바쁘게 움직이는 것을 지켜보았다.

평소라면 이들은 눈에 띄지 않게 각자 조심스럽게 흩어져 다녔을 터인데 오늘은 그러지 않았다.

마치 눈에 띄어도 상관없다는 듯이 우르르 어딘가로 몰려가고 있었던 것이다.

"설마……."

"설마?"

"소교주님을 찾은 건가?"

"……!"

엄승도의 말에 임학겸의 표정이 변했다.

일리 있는 말이었기 때문이다.

그리고 지금 상황에서 그것은 가장 최악의 전개였다.

아무리 초류향이라도 단단히 준비한 척살조의 절정 고수들을 모두 감당하기란 불가능하기 때문이다.

"어떻게 할까?"

엄승도는 임학겸의 질문에 고민했다.

지금 당장 그들이 나서 봐야 목 두 개를 추가시킬 따름이다.

상황을 단숨에 역전시킬 막강한 전력이 필요했다.

엄승도는 복잡한 얼굴로 임학겸을 바라보다가 그의 어깨에 손을 올리며 말했다.

"내가 전부터 말했던 거 기억해?"

"……어떤 말?"

"만약에 최후의 순간이 온다면 네가 나보다 더 오래 살아남아야 한다고 했던 말."

임학겸은 얼굴을 찡그렸다.

불길한 느낌.

그만큼 이번 천마신교의 움직임은 조짐이 좋지 않았다.

"……그 말을 할 때마다 헛소리하지 말라고 내가 분명히 말했을 텐데?"

엄승도는 히죽 웃으며 고개를 저었다.

이 고지식한 녀석은 반드시 살려야 한다.

차후에 소교주님이 천마신교로 복귀했을 때.

임학겸은 천마신교 역대 최강의 무력 집단인 마라천풍대를 움직여 그를 보좌해야 하기 때문이다.

"네가 살아야 하는 이유는 굳이 내가 말 안 해도 알겠지?"

임학겸의 눈동자가 흔들렸다.

그 역시 그가 최후까지 살아남아서 초류향에게 힘을 실어 줘야 함을 알았기 때문이다.

"아무래도 힘든 결정을 내려야 할 순간이 온 것 같다, 친구. 사실 오래 살지 않았냐, 이 정도면?"

임학겸은 엄승도의 팔을 쳐 내며 말했다.

"개소리하지 말고 살아남을 방법부터 생각해."

엄승도는 씨익 웃었다.

그리고 말했다.

“네가 이제부터 할 일은 간단해. 지금 당장 노진녕 님을 찾아서 저놈들 뒤를 쫓아와. 나는 이제부터 어떤 상황이 되더라도 저놈들에게서 소교주님을 지킬 테니까, 너는 어떤 변수가 있더라도 노진녕 님을 소교주님이 계신 곳으로 데려오면 돼. 쉽지? 너와 내가 다시 만나면 우리 쪽의 승리다.”

화경의 고수가 합류한다?

그 정도라면 최악의 경우는 피할 수 있을 것이다.

하나 임학겸의 생각은 조금 달랐다.

“척살조 아이들의 힘을 우습게 보지 마라. 노진녕 님이 합류하더라도 전력의 열세는 뒤집을 수 없어.”

“아니, 뒤집는 게 아니야.”

“그럼?”

“도망친다. 놈들과 정면으로 붙어서 살아남을 수 있는 건 우리 대단하신 공손천기 교주님밖에 없을 테니까.”

맞서 싸우는 것은 불가능하겠지만 도망을 치는 정도라면 가능할지도 모른다.

화경의 고수는 그럴 만한 역량이 있으니까.

“……버틸 수 있나?”

“물론이지. 안 죽어, 절대. 여기까지 어떻게 기어 올라왔는데. 호법자리까지는 가 봐야지.”

임학겸은 고개를 끄덕였다.

그리고 엄승도를 바라보며 말했다.

"최대한 빠르게 합류하겠다. 교에 계신 어르신들에게도 연락을 넣도록 할 테니까…… 그러니까 죽지 마라."

"그만 걱정하고 가 봐."

임학겸은 무거운 표정으로 몸을 날렸다.

그가 빠른 속도로 사라지는 것을 지켜보던 엄승도는 자리에서 몸을 일으키며 히죽 웃었다.

"오랜만에 현장에서 뛰어 보겠구만."

척살조의 전력은 그 누구보다도 잘 파악하고 있는 엄승도였다.

녀석들 개개인이 자신과 맞먹을 정도의 무력을 지닌 뛰어난 암살자들인 것이다.

그런 놈들이 이렇게 노골적으로 움직인다는 것은 정말로 소교주님을 발견했다는 의미라고 봐야 한다.

"그래도 우리 소교주님의 목은 쉽게 줄 순 없지."

엄승도는 손목 발목에 촘촘하게 차고 있는 단검들을 한번 스윽 점검하고는 몸을 날렸다.

되도록 은밀하게 움직여야 한다.

그는 척살조의 뒤를 추적하며 할 수 있는 한 최대로 놈들의 전력을 줄여 놓을 속셈이었다.

'그다지 의미는 없겠지만…….'

엄승도는 불길한 마음을 억누르며 놈들의 뒤를 바짝 쫓았다.

*　　　*　　　*

"오랜만이야."

냉하영은 자신을 기다리고 있는 초류향을 바라보며 화사하게 미소 지었다.

역시 보통이 아니었다.

눈치를 보아하니 벌써 무언가 주워들은 게 있는 모양이다.

'정보를 완벽하게 차단하고 있다고 생각했는데…….'

어딘가에서 실수가 생긴 모양이다.

냉하영이 아쉬운 감정을 숨기고 초류향의 맞은편 자리에 앉을 때.

초류향이 입을 열었다.

"할 말이 있을 텐데?"

"내가? 네가 할 말이 있어서 날 찾은 게 아니었어?"

냉하영의 말에 초류향은 서늘한 눈초리로 그녀를 바라보았다.

뼈를 관통하는 한기.

하나 냉하영은 태연하게 미소 지었다.

그녀는 지난 몇 년간 이런 압박감을 수없이 받아오며 헤쳐 나왔다.

생명의 위협 한두 번쯤은 아무것도 아닌 것이다.

"내가 너에게 한 약속은 지켜졌다."

"어떻게 하다 보니 그렇게 됐네?"

황실의 발목을 붙잡아 두는 것.

초류향이 의도한 결과는 아니었지만 천마신교의 갑작스러운 등장

덕분에 결과적으로는 그렇게 되어 버렸다.

초류향은 약속을 지킨 셈이었다.

"네가 나에게 무엇을 숨기고 있건 그것은 중요하지 않다. 서운한 감정도 없다. 나와의 약속을 지키기만 하면 된다."

냉하영은 고개를 끄덕였다.

서로 간에 섭섭할 이유가 없다.

약속만 지켜진다면 그 외의 문제는 개인이 감당해야 할 부분인 것이다.

냉하영은 초류향을 바라보며 입을 열었다.

"네가 찾고 있다던 운휘의 행방은 얼마 전에 찾았어. 안 그래도 알려 주려고 했지. 그러니 그렇게 노려보지 마."

냉하영은 소매에서 한 장의 문서를 꺼내어 초류향에게 내밀었다.

"여기에 적혀 있어, 그의 행방은."

초류향은 냉하영이 건네는 문서를 잡아챘다.

그리고 그것을 펼쳐서 순식간에 읽었다.

"……확실하겠지?"

"물론. 나 이런 쪽에서는 신용 있는 여자거든."

초류향은 고개를 끄덕인 뒤 자리에서 일어나며 말했다.

"너와의 거래는 이걸로 끝이다."

냉랭하게 말하는 초류향을 보며 냉하영은 미소 지었다.

"이번 거래는 이걸로 끝이야."

초류향은 고개를 저었다.

"다시 너와 거래할 일은 없을 거다."

"그런 말 함부로 하지 마, 초류향. 너는 분명 나를 다시 찾아오게 될 테니까."

냉하영은 그렇게 확신했다.

초류향은 그런 확신에 찬 그녀를 조용히 바라보다가 몸을 돌렸다.

'이제 와서 그녀를 원망할 필요는 없다.'

생각해 보면 그녀와의 거래는 말 그대로 거래였을 뿐이다.

서로 약속한 사항, 그 이상의 것을 바라면 안 되는 그런 거래.

한데도 지금 이렇게 서운한 것은 암묵적으로 그녀가 자신의 편이라고 믿고 있었기 때문일 터.

그것이 아니라는 사실을 깨닫자 가슴 한복판에 찬바람이 스쳤다.

'많은 것을 바라지 말자.'

저런 영악한 여자와는 정확히 서로가 원하는 바만 이뤄 주면 되는 것이다.

초류향이 그렇게 결론을 내리고 바람처럼 사라지자 냉하영은 의자에 털썩 주저앉으며 한숨을 내쉬었다.

손을 이마에 가져다 대니 식은땀이 흐르는 것이 느껴졌다.

"무섭네, 정말."

초류향은 정말 강해져 있었다.

어쩌면 그녀가 예측한 것보다 더 강해졌을지도 모른다.

두려웠다.

하나 그것도 오늘까지다.

"지금이라면 그래도 아슬아슬하게 도착할 수 있을 거야."

차라리 초류향은 운휘에게 가지 않는 것이 나을 수도 있었다.

냉하영은 천천히 소매에서 다른 문서를 꺼내어 보며 미소 지었다.

"지금쯤 천마신교의 정예가 운휘를 죽이려고 움직였겠지."

천마신교의 전력을 보았을 때.

운휘는 물론이고 초류향도 살아남기 힘들 게 뻔했다.

그만큼 천마신교는 전력을 투입해서 운휘를 제거하려 하고 있었다. 걸리는 것이 있다면 그것이 설령 소교주였던 초류향이라 하더라도 다 부숴 버리고 목적을 달성할 것이다.

황실도, 정도맹도 그런 천마신교의 강력한 전력을 파악했기에 멈춰 선 것이다.

"그래도 만약에 살아남는다면……."

냉하영은 복잡한 얼굴을 해 보였다.

사실 조금 전까지 그녀는 자신의 예측대로 일이 흘러가리라는 점을 조금도 의심하지 않고 있었다.

그러나 초류향의 무위가 생각 이상이라는 점을 확인하고 나니 그 확신이 흔들리고 있었다.

현재 초류향의 전력이 어느 정도인지 그녀도 정확하게 파악할 수는 없지만…….

이번에 어떤 식으로든 초류향이 살아남는다면 한 가지는 확실해질 것이다.

'지금처럼 어중간한 마음으로는 절대 초류향을 죽일 수 없겠지.'

냉하영은 사실 지금 갈피를 잡을 수 없는 상태였다.

이번 기회에 운휘는 반드시 죽여야만 했다.

구룡문의 복수를 해야 했기 때문이다.

거기에 초류향이 휩쓸려 죽으면 그것으로도 좋았고, 죽지 않고 살아남더라도 그녀에게는 그다지 나쁘지 않았다.

그랬기에 최선을 다해서 전략을 짜지 않았다.

“살아남을 수 있으면 살아와 봐.”

본래라면 죽여야 옳았다.

차후에 흑월회가 가장 신경 써야 할 존재는 초류향일 것이라 냉하영도 예상하고 있었던 것이다.

그래도 그를 죽이기 위해 최선을 다하지 않은 것은 냉하영의 입장에서 보자면 굉장히 특별한 경우였다.

* * *

운휘는 흑룡문을 향해 복귀하다가 잠시 멈칫거렸다.

저 멀리서 보았을 때부터 흑룡문의 장원에서 검은 연기가 치솟아 오르고 있었던 것이다.

‘화재?’

운휘는 자리에서 멈춘 채 고민했다.

장원에 불이 났다면 결코 그것을 그냥 보아 넘길 흑룡문주가 아니었다.

그런데 불길은 아주 멀리서부터 확인할 수 있을 정도로 컸고, 그것은 운휘에게 어떤 불안감을 가져오기에 충분했다.

'변고가 생겼다.'

이것은 분명 흑룡문에 무슨 문제가 생겼음을 뜻했다.

좋지 않은 예감이 들었다.

동시에 저곳에 가지 말아야 한다고 본능이 강렬하게 경고했다.

'경고?'

운휘는 경고라는 단어가 떠오르자마자 전신에 찌릿한 통증이 느껴졌다.

그는 멀찍한 곳에 멈춰 서 흑룡문을 주의 깊게 바라보았다.

한 걸음 떨어져 차분하게 생각해 보니 확실하게 보였다.

'저것은 나에게 보내는 경고다.'

그것도 적이 아니라 아군이 보내는 경고였다.

분명 흑룡문주일 것이다.

그의 목소리가 아주 멀리서부터 들려오는 듯했다.

- 무슨 일이 있더라도 지금은 이곳으로 돌아오시면 안 됩니다, 형님. 절대로.

운휘의 머릿속에 서서히 모든 정황이 그려지기 시작했다.

'적이 습격했군.'

어떤 적들일까?

대체 어느 정도 수준이기에 그에게 오지 말라고 경고하는 것일까?

적들이 강하다면 그에게 도움을 요청해야 했다.

그래야 본인이 살 테니까.

'멍청이.'

무슨 생각일까?

왜 저렇게 불을 질렀을까?

혹시라도 적들이 지른 것은 아닐까?

운휘는 잠시 폭풍처럼 머릿속을 휘젓는 여러 가지 생각들을 차분하게 정리하기 시작했다.

그리고 잠시 후, 생각의 정리가 끝나자 운휘는 서늘한 시선으로 흑룡문의 장원을 바라보았다.

'적어도 한 가지는 확실하다.'

매우 좋지 않은 느낌이 들었다.

지금까지 살아오면서 꾸준히 단련했던 본능.

그 본능이 지금 저곳에 가지 말라고 강하게 경고해 왔던 것이다.

운휘는 복면을 매만졌다.

그러다가 잠시 하늘을 보았다.

'주군.'

지금 상황에서 그가 내릴 수 있는 가장 현명한 판단은 흑룡문에 대한 미련을 버리고 바로 초류향을 찾으러 가는 것이다.

한데 도저히 발걸음이 떨어지지 않았다.

운휘는 침중한 얼굴로 흑룡문을 바라보다가 움직였다.

결국 화염에 휩싸여 있는 장원으로 발걸음을 옮긴 것이다.

*　　　*　　　*

흑룡문주 뇌한적.

그는 오늘도 운휘가 찾고 있는 사람을 수소문해 가며 백방으로 뛰어다니고 있었다.

한편으로는 근래에 급격하게 세력이 커져서 이런저런 문제가 터지는 흑룡문도 관리하느라 하루하루 정신이 없을 정도로 바빴다.

하지만 그는 행복했다.

이제는 자신을 비롯한 형제들이 배를 곯지 않아도 되는 것이다.

늘 뒷골목에서 삼류 취급이나 받으며 어렵게어렵게 생활해 오지 않았던가?

그 모든 것들을 뒤바꿔 준 사람.

그게 바로 운휘였다.

'그를 만난 것은 정말 행운이다.'

흑룡문의 다른 형제들은 늘 차가운 태도를 취하는 운휘를 어려워했다.

하나 뇌한적은 알았다.

그는 누구보다도 인간적이었다.

가슴 한구석에 누구보다도 따뜻한 심장이 있기 때문에 그것을 숨기려 애써 모두에게 매몰차게 대하는 것이다.

'의외로 귀엽단 말이야.'

운휘 같은 사람은 한번 정을 주면 스스로 떼어 내지 못했다.

그랬기에 그가 사람들과 친분을 쌓는 것을 어려워하고 거북스러워하는 줄 알면서도 끊임없이 들이댔던 뇌한적이다.

'하루바삐 수라마군을 찾아야 하는데…….'

맨 처음 운휘가 찾는 사람이 수라마군이라는 사실을 알았을 때.

뇌한적도 고민을 했다.

수라마군에 대한 강호의 평가가 엄청나게 좋지 않았기 때문이다.

수십, 수백 명을 웃으며 도살했던 희대의 살인귀.

게다가 무척 어리다고 하지 않았던가?

수라마군은 마교가 대놓고 키우고 있는 차세대 살인마였다.

'그런데 운휘 형님은 대체 왜 그런 자를 찾는 것일까?'

원한이나 복수는 아닌 것 같았다.

정말로 그의 생사가 걱정이 돼서 찾고 있는 것 같았으니까.

뇌한적은 운휘가 수라마군을 찾는 이유에 대해 잠시 고민하다가 고개를 저었다.

'이유는 중요하지 않겠지.'

운휘가 찾는다면 반드시 그만한 이유가 있을 것이다.

뇌한적은 운휘를 믿었다.

그의 행동에는 반드시 타당한 이유가 있을 것이다.

그렇게 마음먹으니 한결 마음이 편안해졌다.

뇌한적이 장원 외곽을 꼼꼼하게 둘러보고 있을 때.

장원 안쪽에서 갑자기 비명이 터져 나왔다.

'뭐지?'

흑룡문은 최근에 급속도로 세력이 커졌기 때문에 근방에 적이 많았다.

자연히 자잘한 다툼도 많았기에 뇌한적은 이번에도 그런 사소한 문제일 것이라 생각했다.

별생각 없이 장원의 안쪽으로 뛰어간 뇌한적은 그곳에 도착하자마자 일이 크게 잘못 돌아가고 있음을 깨달았다.

엄청난 수의 복면인들이 장원 전체를 포위하고 있었던 것이다.

"네가 이놈들의 대장이냐?"

"형님!"

흑룡문의 형제들이 바닥에 피투성이가 되어 나뒹굴고 있었다.

숫자에서도 밀렸고, 무공에서는 더더욱 밀렸다.

뇌한적은 한쪽 볼을 씰룩거렸다.

그리고 터벅터벅 연무장 중앙으로 걸어가 쓰러져 있는 형제들의 부상 정도를 살핀 후 입을 열었다.

"너희들은 어디서 왔는데 대낮부터 이런 살행을 저지르는 거지?"

다들 흑색 복면을 하고 있는데 유독 혼자만 붉은색 복면으로 얼굴을 가린 자가 있었다.

복면인들 중에서도 대장으로 보이는 자.

그를 노려보며 뇌한적이 묻자, 적색 복면의 사내가 입가에 가느다란 미소를 그리며 말했다.

"꼴에 대장이라고 네놈은 제법 간이 크구나."

"어디에서 왔느냐고 물었다."

적색 복면의 사내가 입을 열었다.

"천마신교."

"뭐?"

"우리는 천마신교에서 나왔다."

"……."

담이 크기로 유명한 뇌한적도 이번만큼은 크게 놀랐다.

그래서 한동안 어처구니없는 표정으로 적색 복면의 사내를 바라보았다.

"어째서 천마신교가 이곳까지 온 거지? 사천이랑 여기가 거리가 얼마나 떨어져 있는데……."

"찾는 사람이 이곳에 있다고 들었다."

"누구?"

"운휘."

적색 복면의 사내.

그가 말하는 이름을 듣는 순간 뇌한적은 멍한 얼굴로 그를 바라보았다.

"그를 왜?"

"본 교의 적이니까. 죽여야 하거든."

적색 복면의 사내는 의외로 순순하게 묻는 말에 대답해 주었다.

뇌한적의 머리가 바쁘게 돌아갔다.

상대방은 운휘의 정체를 알고 여기까지 왔다.

게다가 둘러보니 모두가 절정 고수들이 아닌가?

'언뜻 눈에 보이는 인원만 해도 삼백 명이 넘는다.'

이건 제아무리 화경의 고수라도 혼자서는 감당할 수가 없는 숫자였다.

뇌한적의 눈빛이 어두워졌다.

"나는 일을 번거롭게 하고 싶지가 않다, 흑룡문주."

적색 복면의 사내는 뇌한적을 똑바로 바라보며 입을 열었다.

"우리가 너희들을 도살하는 건 사실 무척 쉽다. 혼자서도 가능한 일이지. 하지만 그렇게 하지 않은 것은 너에게 기회를 주기 위해서다."

기회?

그게 무슨 말일까?

"지금은 운휘가 이곳에 없다는 건 우리도 안다. 그러니 우리는 이곳에서 기다리겠다. 그를 죽이기만 하면 우리는 조용히 떠나 주겠다. 너희에겐 어떤 피해도 입히지 않을 것을 약속하지. 어떤가?"

뇌한적은 고민했다.

여기서 거부한다면 놈들이 어떻게 나올지 몰랐다.

부상당한 흑룡문의 형제들을 바라보던 그가 입을 열었다.

"정말 아무런 피해도 입히지 않을 생각인가?"

"물론이다."

"좋아, 받아들이지."

적색 복면의 사내.

그는 입가에 희미한 미소를 그리며 말했다.

"현명한 판단이다, 흑룡문주."

"부상자들을 수습해도 되겠나?"

"물론이지. 흑룡문 안에서 어떻게 움직이든 그건 너희의 자유다. 다만 바깥으로는 나가지 마라. 그것은 우리도 용납할 수 없으니."

"알겠다."

뇌한적은 고개를 끄덕이고 서둘러 부상자들을 수습하기 시작했다.

의외로 크게 부상을 당한 녀석은 없어 보였다.

잠시 부상자들을 일일이 확인한 뇌한적은 그들을 장원의 식당으로 데려가 굳게 문을 걸어 잠근 다음 입을 열었다.

"너희들에게 묻고 싶은 게 있다."

"물어보십시오, 형님."

"너희들은 비겁자가 되어서 비루하게 살아남길 원하느냐? 아니면 의리를 지키고 고통스럽게 죽길 원하느냐?"

부상자를 비롯해 그곳에 모인 흑룡문 무인들의 눈동자가 불안하게 흔들렸다.

그것을 확인한 뇌한적이 입을 열었다.

"살아남고 싶다고 해도 된다. 그것까지는 말리고 싶지 않다."

"……."

"너희들도 들어서 알겠지만 저놈들은 운휘 형님을 죽이려고 온 놈들이다. 놈들에게 운휘 형님이 발각되면 아무리 형님이 화경의 고수라도 죽게 될 거다."

"운휘 형님은…… 어디 가신 겁니까?"

"그것까지는 모른다. 하지만 조만간 돌아오실 것은 확실하지. 그러니까 그 전에 우리는 선택해야 한다."

"무엇을 말입니까?"

"비루하게 살아남을지, 아니면 운휘 형님에게 위험을 알리고 떳떳하게 죽을지. 결정해야겠지."

모두의 눈에 선명한 갈등이 떠올랐다.

뇌한적은 잠자코 기다렸다.

형제들이 어떤 결정을 내리든 상관없었다.

자신은 이미 마음을 굳혔으니까.

단지 이렇게 묻는 이유는 혹여나 일이 잘못되더라도 자신이 몽땅 뒤집어쓰기 위함이었다.

'분명 엿듣고 있겠지?'

뇌한적은 감각을 최대한으로 열어 주변을 꼼꼼하게 살펴보았지만 이윽고 한숨을 내쉬며 고개를 저었다.

이곳에 쳐들어온 천마신교의 고수들은 뇌한적 수준으로는 도저히 감당할 수가 없었다.

그가 아무리 감각을 열어 살펴보려 해도 잡힐 리가 없는 것이다.

뇌한적은 그래도 그들이 엿듣고 있을 것이라고 판단했다.

'그러니 모든 책임은 내가 진다.'

뇌한적은 솔직한 말로 자신의 형제들이 살아남고 싶다고 말해 주길

바랐다.

그래야 일이 벌어졌을 때 자신이 다 뒤집어쓰고 갈 수 있었으니까.

한데 일이 이상하게 돌아가고 있었다.

"저는 형님의 뜻에 따르겠습니다."

부상당해 있던 놈들 중 하나가 그리 말하자 나머지도 모두 고개를 끄덕였다.

뇌한적은 크게 당황했다.

"운휘 형님을 구하기 위해서 목숨을 걸 수 있다는 거냐, 너희들은?"

"……살고 싶긴 하지만 운휘 형님을 위한 일이라면…… 아깝지 않습니다."

뇌한적은 멍한 눈으로 그들을 바라보았다.

그러다 불쑥 입을 열었다.

"마풍, 너는 형님이 무섭다고 하지 않았느냐?"

팔에 붕대를 칭칭 감고 있는 스무 살 초반의 청년이 고개를 끄덕이며 대답했다.

"예, 무서웠죠. 근데 지내다 보니 알게 되었습니다. 운휘 형님은 입으로는 매번 쌀쌀맞게 말하지만 행동으로는 저희들을 누구보다도 살뜰하게 챙겨 주지 않았습니까?"

"……."

"사실 솔직하게 말하자면 운휘 형님이 아니었으면 저희들 이렇게 떵떵거리며 살지도 못했을 겁니다. 예전처럼 그 더러운 뒷골목에서

칼침이나 맞고 죽었겠죠. 실력이 없어서 그동안 운휘 형님을 도와드리지 못했지만 비겁해지고 싶지는 않습니다, 형님."

뇌한적이 눈을 끔뻑이다가 모두를 둘러보며 입을 열었다.

"모두 같은 생각이냐?"

"예. 아마 모두가 같을 겁니다. 다들 한두 번 이상은 운휘 형님에게 생명의 빚이 있으니까요."

"……거참, 알겠다."

뇌한적은 기분이 좋은 건지 아닌 건지 알 수 없는 표정으로 고개를 저으며 생각을 정리했다.

운휘 형님을 어려워한다고만 생각했는데 그게 아니었다.

다들 그를 진심으로 걱정하고 좋아하고 있었던 것이다.

마음이 번잡해졌다.

"그런데 방법이 있겠습니까? 놈들이 완전히 포위해서 바깥에 연락을 취하기는 어려워 보입니다, 형님."

뇌한적은 퍼뜩 정신을 차리고 동생들을 바라보았다.

그리고 입을 열었다.

"나에게 생각이 있다."

뇌한적은 자신만 바라보는 동생들의 눈을 응시하다가 희미하게 웃었다.

*　　　*　　　*

불타오르는 장원을 바라보며 뇌한적과 흑룡문의 형제들은 씁쓸한 얼굴을 해 보였다.

"저 많은 술을 결국 입에도 대지 못했습니다, 형님. 아껴 뒀던 건데……."

"저승가면 실컷 먹게 해 줄 테니 걱정 마라."

뇌한적은 각자 하나씩 들고 있는 호리병을 보며 피식 웃었다.

"그래도 죽기 전에 맛은 보고 가겠구나."

"예. 이것마저 없으면 억울하니까요."

흑룡문의 사람들이 빙 둘러앉아 호리병을 입가에 대고 있을 때.

적색 복면의 사내가 불쑥 나타났다.

"바보 같은 행동을 했군, 흑룡문주. 네놈이 얼마나 멍청한 짓을 했는지 아느냐?"

"평소에도 멍청이라는 이야기는 하도 많이 들어서……."

뇌한적은 슬쩍 웃어 보였다.

바보 멍청이라는 말은 운휘가 항상 자신에게 했던 말이 아닌가?

하나 이상하게도 그 말이 싫지가 않았었다.

가만히 호리병을 입가에 가져가던 뇌한적이 입을 열었다.

"어차피 죽기를 각오하고 한 일이니까, 그쪽 마음대로 해도 돼."

식도를 타고 내려가는 술맛이 기가 막히게 달았다.

뇌한적은 바닥에 앉아서 형제들과 건배를 하며 호기롭게 웃어 보였다.

적색 복면의 사내.

눈만 드러내고 있는 그의 시선이 복잡하게 변했다.

'일이 피곤하게 되었다.'

그는 가급적 일을 조용하게 끝내고 싶었다.

천마신교가 봉문을 풀고 강호에 나오긴 했지만 떠들썩하게 다 때려 부수면서 돌아다니긴 어려웠다.

지켜보는 눈들이 많았던 것이다.

지금도 아마 장원 바깥에는 수없이 많은 세력에서 파견한 자들이 은밀하게 숨어서 이곳을 지켜보고 있을 것이다.

그들을 자극해선 곤란했다.

천마신교의 내부 사정은 지금 너무도 혼란스러웠다.

때문에 외부에서까지 쓸데없이 문제를 만들 수는 없었다.

그랬기에 성격에 맞지 않게 조용조용히 해결하려 했건만, 이놈들이 자신의 배려를 알지도 못하고 사고를 쳐 버리고 말았다.

'돌이키기엔 너무 늦었군.'

화염에 휩싸여 있는 장원의 건물들을 바라보며 적색 복면인은 깊은 한숨을 내쉬었다.

이 정도 불길이면 이미 멀리 떨어진 외부에서도 전부 다 보일 것이다.

운휘 그놈이 바보 멍청이가 아닌 이상 이곳에 변고가 생겼다는 것은 진즉에 눈치챘을 터.

'어르신들에게는 뭐라고 변명을 해야 하나…….'

다 잡은 물고기를 놓쳐 버렸다.

이만한 인원들을 끌고 와서도 놓쳐 버렸으니…… 상부에 보고할 말이 궁색해진 것이다.

적색 복면인이 복잡한 머리를 안고 끙끙 앓고 있는 동안, 뇌한적을 비롯한 흑룡문의 형제들은 기분 좋게 술을 마시며 웃고 떠들고 있었다.

그 모습을 지켜보던 적색 복면인이 살기를 가득 담아 입을 열었다.

"각오는 했겠지?"

뇌한적은 고개를 끄덕였다.

각오는 일을 벌이기 전부터 하고 있었으니까.

"그래."

"최대한 고통스럽게 죽여 주마."

적색 복면인이 허리춤에 차고 있던 검을 꺼내 들었다.

그러자 그 검날에 푸르스름한 기운이 엳게 맺혔다.

"검기……."

검기는 검기였지만 그 두께와 길이가 심상치 않았다.

거의 강기만큼 길었던 것이다.

"우선 네놈부터 팔다리 하나씩 잘라 주마."

스으윽―

검이 움직이고 제일 먼저 뇌한적의 왼팔이 잘려 나갔다.

"크윽!"

뇌한적은 고통스럽게 몸을 숙이며 자신의 잘려 나간 왼팔을 바라보았다.

"형님!"

흑룡문의 형제들이 분노에 찬 얼굴로 적색 복면인을 바라볼 때.

그는 신경질적으로 입을 열었다.

"다음은 오른쪽 다리다."

곱게 죽이진 않을 생각이었다.

최대한 고통을 느낄 수 있게, 느릿느릿 천천히 죽여 버릴 생각인 것이다.

그렇게 적색 복면인의 검이 몇 번이고 휘둘러졌다.

피가 사방으로 튀고.

잘려 나간 신체가 바닥으로 떨어졌다.

그러던 어느 순간.

샤아아악—!

섬뜩한 소리와 함께 적색 복면인은 검을 들고 있는 자신의 오른팔이 가벼워지는 것을 느꼈다.

"컥!"

적색 복면인은 눈을 부릅떴다.

어느새 자신의 팔이 잘려 나간 것이다.

'대체 누가?'

기척도 느끼지 못했다.

적색 복면인이 재빠르게 혈도를 점혈하여 지혈한 후에 옆으로 고개를 돌리자 정문으로 누군가가 뚜벅뚜벅 걸어 들어오고 있었다.

"거기까지다."

검은색 복면을 하고 있는 사내.

운휘였다.

〈다음 권에 계속〉

DREAMBOOKS

DREAMBOOKS